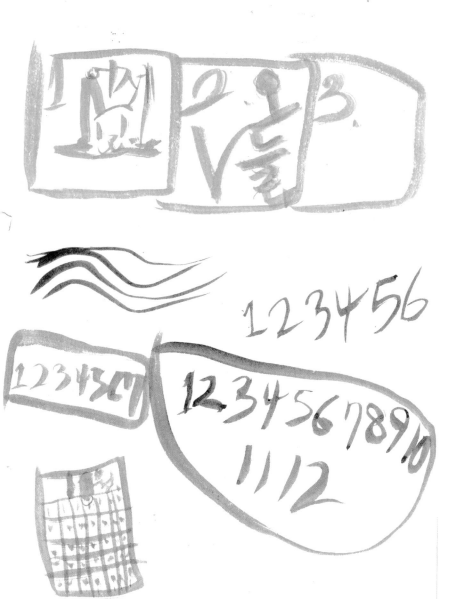

동무를 괴롭히면 울부짖지.

숲을 망가뜨리면

고약한 냄새를 풍겨,

향긋한 풀밭을 반겨.

어린 벗을
사이에 두고
힘센 벗이
앞뒤에서
이바지.

말꽃이.

풀벌레 한마
리. 새한마리.
서로 친구.

우리말 수수께끼 동시

모든 이야기는 수수께끼

우리말 수수께끼 동시

숲노래 기획
최종규 글
사름벼리 그림

벼리

'이름에 담은 뜻'을 새롭게 살피는 길

봄에는 따뜻해
여름에는 더워
가을에는 춥지
겨울에는 더 추워

나무가 하기도 하고
풀도 사람도 새도 집도 모두 해
땅에 드리워지는 그림
우리랑 똑같이 드리워져

구름이 해를 가리면 옅어져
해가 쨍쨍 하면 똑똑히 보이지
해가 더우면 그 안에 들어가
해가 움직이면 짧고 길어져

2020년에 열세 살인 우리 집 어린이가 저한테 건네준 수수께끼입니다. 이 수수께끼는 무엇을 가리키는지 알아채셨나요? 저는 이 수수께끼를 받고서 빙긋 웃고는 넉 줄을 더한 열여섯 줄 수수께끼를 새로 지어서 돌려주었어요. 저는 어떤 수수께끼를 지었을까요?

아이한테서 받은 수수께끼에 덧글처럼 쓴 수수께끼는 이 책 어느 곳에 살며시 깃들었습니다. 잘 찾아보고 풀어 보면 좋겠어요.

자, 수수께끼 이야기를 이 책에서 다룹니다. 수수께끼란 무엇일까요?

[보리 국어사전] 수수께끼

1. 빙 돌려서 말하는 것이 무엇인지 알아맞히는 놀이 ("귀는 귀인데 못 듣는 귀는?" 하고 수수께끼를 냈다)

2. 어떻게 된 까닭인지 전혀 모르는 것을 빗대어 이르는 말 (석굴암의 수수께끼는 밝혀지지 않았다)

어린이 사전에 적힌 낱말뜻을 옮겨 봅니다. 어때요? 수수께끼가 무엇인지 알 만할까요? 그런데 수수께끼는 놀이로만 그치지 않아요. 수수께끼를 내고 푸는 까닭이 따로 있답니다. 그래서 저는 앞으로 내놓을 새로운 사전에 수수께끼란 낱말을 다음처럼 풀이해서 넣으려고 생각해요.

[숲노래 사전] 수수께끼

1. 어떤 뜻이거나 이름인가를 스스로 알도록 말 · 그림 · 몸짓으로 들려주거나 빗대는 이야기 · 놀이 (수수께끼를 내면서 놀아 보자 / 좀 쉬운 수수께끼를 내면 어떨까 / 열 여섯 고개로 푸는 수수께끼 동시야)

2. 알기 · 풀기 · 찾기 · 헤아리기가 어렵거나 어수선하거나 오래 걸리는 것 · 일 · 이야기 · 마음 · 생각 · 뜻 (어떻게 저절로 닫혔는지는 수수께끼야 / 수수께끼 같은 녀석이네 / 무척 오래 수수께끼였는데 이제 풀리네)

3. 앞으로 알거나 풀거나 찾거나 헤아리거나 해내야 하는, 아직 모르거나 낯선 것 · 일 · 이야기 · 마음 · 생각 · 뜻 (너한테 수수께끼를 하나 내놓을게 / 우리 앞에 놓인 수수께끼로구나 / 이 수수께끼를 알아내면 눈앞이 트일 테지)

먼먼 옛날부터 할머니 할아버지가 아이들한테 수수께끼를 냈습니다. 아스라이 오랜 옛날부터 어머니 아버지도 아이한테 수수께끼를 냈어요. 그리고 아이도 어머니 아버지랑 할머니 할아버지한테뿐 아니라 언니 동생 동무 사이에서도 수수께끼를 지어서 주고받았어요.

어른이 아이한테 수수께끼를 낸 뜻이라면, '어떤 이름'을 붙인 누구나 무엇을 놓고서 왜 그러한 이름을 붙였는가 하는 이야기를 스스로 알아차리도록 이끌고 싶기 때문입니다. 처음부터 다 알려주지 않지요. 살짝살짝 실마리를 짚어 줄 뿐이랍니다. 이러면서 '어떤 이름'을 왜 붙였는가를 더 깊고 넓게 헤아리도록 북돋아요.

알쏭달쏭하게 나누는 말놀이라고 할 수 있으면서, 우리 삶이며 살림이며 사랑을 담아낸 말을 어린이 스스로 새롭게 생각해서 깨닫고 받아들이도록 돕는 배움판이에요. 재미나게 말을 익히고 헤아리면서, 슬기롭게 말을 가꾸도록 이바지하는 수수께끼랍니다.

그래서 이 수수께끼는 둘쨋뜻하고 셋쨋뜻이 생겨요. 알기 어려운 것도 수수께끼요, 앞으로 알아내거나 찾아낼 것도 수수께끼이지요.

어린이가 쓰는 말은 어른 곁에서 지켜보거나 살피다가 받아들이는 말입니다. 어른이 쓰는 말은 까마득히 먼 옛날부터 '어른이 아이였을 적에 어른이던 분'들이 슬기롭고 재미나게 지은 말이고요.

이쯤에서 '이름'이란 낱말을 풀어 볼게요. '이름 = 이르다 + ㅁ'입니다. '이르다'는 '말하다'를 가리키기도 하지만 '다다르다/닿다'를 가리키기도 해요. 또 '일찍/빨리/때가 안 된'을 가리키기도 하지요. 자, 생각해 봐요. '이름'이란 낱말은 어떻게 '소리는 다 같되 뜻은 다 다른 세 낱말'이 어우러져서 태어났을까요? 이 또한 수수께끼이니 저마다 스스로 더 헤아리면 좋겠어요.

수수께끼란 징검다리예요. 생각하고 생각을 이으며, 말하고 말을 잇고, 삶하고 삶을 사랑으로 잇는 다리랍니다. 사뿐사뿐 징검다리를 건너요. 사뿐사뿐 건너다가 도무지 모르겠으면 처음으로 돌아가요. 드디어 수수께끼를 풀어낸 뒤에는, 우리 스스로 새롭게 수수께끼를 지어서 이웃이나 동무하고도 말잔치를 누리면 좋겠어요.

《우리말 수수께끼 동시》는 모두 164꼭지 수수께끼를 다룹니다. 아홉 갈래로 나누었고, 풀이랑 이야기는 책끝에 붙입니다. 열여섯 줄로 맞춘 수수께끼마다 어떠한 이야기를 품는지, 또 이야기에 얽힌 우리 마음이며 삶이며 숲이며 숨결이며 이웃이며 사랑은 어떻게 피어날 만한지를 한껏 누리시기를 바라요.

네 마음이랑 내 마음이
뜨겁게 만날 수 있도록
이어주는 길목은 무엇?

'사전 짓는 책숲 숲노래'에서
글쓴이

수수께끼 001

얼핏 단단해 보여
아마 딱딱해 보이지
어쩌면 튼튼해 보이고
그런데 무척 부드럽지

모래를 품었지
흙을 품었어
뜨거운 불길을 품었고
비바람 듬뿍 담았어

눈을 감고 돌아다녀
조용히 온누리를 돌아
묵직한 몸을 두고 다녀
그저 마음으로 날지

너희는 날 다리로도 삼고
디딤자리로도 삼고
집으로도 삼지
무덤으로도 삼더라

하 나 .

수수께끼 002

난 그리 대단하지 않은데
가운데에서 있기를 즐겨
나를 보는 사람은 드물지만
복판에서 묵직하게 지켜서지

냇물이 날 따라서 흘러
등도 날 따라서 곧고
멧골도 날 따라서 기름하고
이야기도 날 따라서 풀어

나무한테도 있고
빛한테도 고이 있고
풀한테도 있는데
꽃한테도 있을까?

씨앗에 싹이 나오고
뿌리가 땅속 깊이 뻗으면
이제 기지개를 켜
가지를 든든히 뻗는 몸통이란다

수수께끼 003

우리 마음에 다 있어
우리 눈에 같이 있어
하나만 있지 않지만
꼭 하나를 꼽을 수 있어

제자리에 있은 적 없어
늘 빙그르르 돌며 날아
큰 복판을 보면서도 돌고
더 큰 복판에 안겨서도 돌아

빛을 뿌려서 말을 걸지
이웃이 보낸 빛을 비추기도
스스로 빛을 뿜기도
다같이 빛물결잔치를 하기도

우리가 선 이곳이야
너도 나도 그와 같아
반짝이면서 환하고
둥그렇지만 다섯모로 그리더라

수수께끼 004

우리 몸에서 아픈 데를 쳐
세게 들이치기도 하고
부드러이 적시기도 하고
확 퍼붓기도 하지

멧골에서 고이 잠들었다가
해님 보고 퐁퐁 깨어나고
숲을 한껏 돌아보는데
여러 마을도 두루 거치지

바다가 될 수 있어
아지랑이나 이슬이 되고
구름이나 안개가 되는데
우리 눈에도 있어

모두 다르지만 모두 나야
모두 나를 마시지만
마음에 품은 씨앗에 따라서
다들 다른 네가 되더라

수수께끼 005

무당벌레가 앉았다
사마귀가 매달렸다
개미가 가볍게 타고 지나간다
거미가 사뿐히 붙는다

참새는 무거워 못 앉네
까치도 묵직해 못 매달려
제비도 여기는 내려앉지 않고
잠자리가 내리면 출렁출렁

삘삐리 피리처럼 불어
쓴맛도 신맛도 단맛도 있어
봄여름은 푸르고 가을에는 누렇지
작은 벌레한테는 넉넉한 보금자리

흙을 단단히 움켜쥐며 살아
맨발로 밟으면 보들보들
다친 곳을 감싸기도 하고
지구가 푸르게 보이는 바탕

하 나 .

수수께끼 006

언제나 놀이터였어
누구한테나 열린터였지
얼마든지 누리는 곳이고
가없이 펼친 마당이야

예전에는 다같이 있었어
그때에는 모두 가벼웠거든
때로는 나들이를 다녀오려고
빗물이 되어 폴짝 뛰어내리는데

이때마다 온 땅을 씻어 주고
골짜기가 흐르도록 적셔 주고
샘물 냇물 맑게 돌봐 주고
푸나무하고 속닥거리지

가끔은 멧봉우리를 덮어
이따금 시커먼 빛을 하는데
무지개를 죽 잇기도 하고
파란하늘을 하얗게 그려 놓아

푸 르 다

수수께끼 007

책상에 엎드리니 숲이 떠올라
연필을 쥐니 다람쥐 노래 들려
글월 적어 띄우니 새가 찾아와
책을 읽으며 온누리를 누벼

작은이한테 그대로 집
큰이한테 여럿 모아 집
마을을 푸르게 감싸고
우리 별을 맑게 보듬어

타고 앉으면 바람이 살랑
타고 오르면 바람이 싱싱
타고 내리면 바람이 간질
타고 다니면 바람이 상긋

따뜻한 불도 되고
푸짐한 밥도 되고
토막을 깎아 그릇
조각을 맞춰 놀잇감

수수께끼 008

얼마나 작을 수 있을까
몸을 부비면 작아지려나
비바람 맞으면 작아질까
햇볕에 녹이면 작아지나

고르게 골고루 어우러져
가늘게 곱게 얼크러지고
가재랑 게를 품으며 좋아
물살이랑 물결에 밀리며 재미나

밤이 되어도 따스한 이불
한낮이어도 속은 촉촉해
닮은꼴 다른 동무 가득하고
노랗다가 하얗다가 까맣다가

우리가 있어 금빛 냇물
우리가 덮어 가없는 땅
우리도 작은 꽃 반겨
우리도 나무랑 샘 아끼지

푸르다

수수께끼 009

하루를 애쓴 몸을 달래고
하룻내 기운쓴 마음 다독이려고
고요히 잠드는 밤에 살짝
하얗게 일어나는 새벽에 반짝

모든 앙금 씻으려고
온갖 멍울 털려고
문득 비처럼 내리는
얼핏 초롱초롱 맺는

한 방울로 숲을 푸짐히
두 방울로 풀꽃 상큼히
석 방울로 들판 푸르게
넉 방울로 목마름 가셔

바람이 품고 다닌 촉촉함
나무가 건사하던 시원함
날마다 드리우는 별물일까
온누리 살리는 씨앗물인가

수수께끼 010

바로 너이면서 나
언제나 나이면서 너
다 다르게 곱고
다 똑같이 빛나

씨앗을 맺기도 하고
열매로 바뀌기도 하고
가만히 지기도 하고
끝없이 활짝이기도 하고

눈처럼 쏟아지는 빛
비처럼 땅을 적시는 빛
말이 되면 사랑으로 피는 빛
글이 되면 꿈으로 퍼지는 빛

이 길에서는 누구나 웃어
이 집에서는 다함께 노래해
이 나라에서는 모두 참하고
이날은 서로 깨어나며 향긋해

수수께끼 011

멧골에서 비롯하지
바다로 나아가지
마을을 이 곁에 세우고
보금자리를 이 가까이 지어

이곳 모래는 샛노랗게 눈부셔
이곳 돌은 새하얗게 빛나
이곳 동무는 매우 잽싸고
이곳 이웃은 언제나 배불러

흐르는 소리는 구르는 물결
감기는 소리는 먼데서 너울
거치는 소리는 씻기는 티끌
안기는 소리는 가없는 고요

실 같은 내가 있어
큼직큼직 내가 있지
하나되는 내가 있고
내가 내내 놀아

하 나 .

수수께끼 012

가장 작지
아주 작기에 무럭무럭 커
누구보다 무엇보다 작아
참 작으니 우람우람 자라

모든 꿈을 작게 모아
갖은 사랑 작게 맺어
고른 노래 작게 묶어
너른 얘기 작게 실어

작은 몸이어서 가볍게 날지
작은 빛이어서 어디든 가지
작은 숨이어서 살며시 닿아
작은 결이어서 보드랍 마실

새를 타고 새로운 곳에
바람 타고 바다 너머로
손길 타고 흙에서 단잠
눈길 타고 어느덧 떡잎

수수께끼 013

밝은 한복판에 고요를 묻어
환한 곁자락에 어둠을 뿌려
곧은 줄거리에 따뜻한 기운
두루 퍼지면서 고르게 앉지

여럿을 담은 한 가지
모두를 실은 한 갈래
한곳서 나오는 듯하나
곳곳서 한꺼번에 터져

눈을 감으면 한결 밝아
감은 눈을 더 환하게 틔워
눈을 뜨면 눈부시게 쏟아져
뜬 눈을 더욱 착하게 돌봐

살아가는 숨에 깃들다가
스러지는 몸에서 나와
태어나는 곳에 찾아가고
잠드는 자리에서 새롭게

하 나 .

수수께끼 014

모든 몸은 나야
내가 없는 몸은 죽고
내가 사라진 몸은 바스라지고
내가 있는 몸은 기운나지

모든 밥은 나야
내가 없는 밥은 못 먹고
내가 사라진 밥은 먼지 되고
내가 있는 밥은 맛나지

모든 빛은 나야
내 빛을 담아 낮이 되고
내 빛이 가시니 밤이 되고
나를 움직여 새로운 짓이 돼

모든 길은 나야
내가 흘러 살이, 삶이, 사랑이
내가 멈춰 끝이, 마감이, 처음이
나를 담아서 마시니 네가

수수께끼 015

씻어 준다 폭 씻어 준다
만져 준다 톡 만져 준다
잡아 준다 살 잡아 준다
띄워 준다 휠 띄워 준다

눈을 감아도 밝은 곳
눈을 떠도 흐르는 곳
손으로도 볼 수 있는 길
발로도 알 수 있는 길

별을 포근히 감싸네
온 땅을 둥글게 덮네
비를 불러 주고
때때로 벼락을 같이 불러

헤아리는 마음을 알려줘
헤엄치는 몸짓을 보여줘
물결이 밀고 당긴다
하늘빛 소금을 품었다

하 나 .

수수께끼 016

한 가지를 모아도 좋아
한 갈래 듬뿍듬뿍 잔치
하나가 되어 물결치는 판
하나하나 같으며 다른 마당

닮았기에 한빛깔이지
비슷하기에 한아름이고
얼추 같은 키라 한물결에
가만 보면 참 다른 한마을

숲은 노래를 해
이곳에서도 노래가 있지만
이곳은 너울치는 기운으로 춤짓
숲은 노래가 춤이 되고

땅에서는 푸르게 푸르게
하늘에서는 파랗게 파랗게
나랑 너랑 모여 보자
서껀, 이랑, 하고, 와, 도

수수께끼 017

말끔히 씻고서 키우려고
한꺼번에 치우고서 돌보려고
모두 처음부터 가꾸려고
내가 찾아가

누구나 속에 품지
무엇이나 가슴에 안고
스스로 지어서 살고
어디서나 일어나며 움직여

사랑할 적에는 무지개로 피고
미워할 때에는 활활 타올라
아름다울 적에는 해님으로 되고
슬퍼할 때에는 끝없이 태워

속에 다 있으니 따뜻해
어느 곳에나 살기에 숨결
스스로 지으니 엿보지 마
아무 곳에나 퍼뜨리지 마

하 나 .

수수께끼 018

우리는 늘 타고다녀
너도 나도 언제나 맞아들여
뚤뚤 휘휘 감아서 누려
몸을 살리는 싱그러운 밥

나무도 늘 먹고 누려
풀꽃도 노상 꿀꺽꿀꺽
돌도 냇물도 함께 즐기고
모래랑 어린이랑 아주 반기네

내가 있기에 살아숨쉬는 별
내가 없기에 죽어잠든 무덤
나를 보면서 하늘이 되고
나를 잊으며 하늘하고 멀어져

한 손으로 일으킨다
한 손으로 받는다
모든 숨이 태어나는 바탕
모든 길을 여는 처음

수수께끼 019

겨울엔 포근포근 가락
봄에는 싱그러운 춤짓
여름엔 촉촉시원 기운
가을엔 잎무지개 듬뿍

따뜻이 적시고 싶어
맑게 출렁이고 싶지
서늘하면서 하늘이고파
풀잎 하나 띄워 천천히

배부르기보다는 든든히
하나하나 살피면서 고루
어느 곳에서나 즐거이
누구이든 이웃으로 삼는

예전에는 비구름이었지
옛날에는 바다였어
너희 몸으로 있기도 했고
마르지 않고 이 별을 돌아

하 나 .

수수께끼 020

하늘을 씻는다
땅을 슥슥 비비고 헹군다
바닷속까지 싹싹 문지른다
온누리를 말끔히 치운다

냇물 바꾸기는 덤
푸나무 밥주기는 우수리
마당쓸기는 얹어서
길닦기는 그냥그냥

돌고 돌고 또 돌아
한복판은 얌전해
꼬리치는 끝이 매섭지만
다함께 날아올려 주지

나한테는 이름이 많은데
함박스럽게 춤추지
연줄 빨랫줄을 끊어먹지만
구름줄 빗줄을 잇는단다

수수께끼 021

바다에도 있어
호젓하게 바다에 폭 안겨
새가 살기에 아늑하고
물님도 살며시 쉬러 와

냇물에도 있지
졸졸 돌 간질이는 소리에
숲짐승 깃들기에 포근하고
송사리도 곁에서 낮잠 누려

못에도 있네
물결이 가벼이 부딪히고
나무가 자라면서 노래하고
바람도 언제나 들렀다 가지

사람 사이에도 있을까
서로 마음을 안 읽으면
함께 사랑이 되지 않으면
즐거이 자랄 꿈 안 심으면

하 나 .

수수께끼 022

번쩍 생각이 났어
반짝 또렷이 보였어
훌쩍 든든히 컸어
활짝 가볍게 날았어

감아치듯 오기도 해
불타듯 밀려오기도 해
날래게 몰려오기도 해
되게 세기도 해

한 줄기로 몸을 깨우네
두 가닥으로 마음을 틔우네
석 줄기째에 눈을 뜨고
넉 가닥이면 온누리가 우지끈

이렇게 해도 돼
이렇게 찾아와도 돼
이렇게 잠들어도 돼
이렇게 솟아올라도 돼

수수께끼 023

땅줄기에서도 날고 싶은 물
노래하며 날고픈 물줄기
춤추며 덩실거리려는 물길
한꺼번에 쏟아지는 물꽃

솔솔 흐르다가 커져
쏴락쏴락 굽이 돌며 빨라져
물동무가 신나게 같이 쏼쏼
나뭇잎이 춤추며 함께 뱅그르르

뛰었다! 날았다! 내리꽂는다!
하늘이다! 시원하다! 첨벙!
방울방울 모여서 하얗게 핀다
끊임없이 몰아쳐 우렁찬 소리

우레를 담은 물
벼락처럼 달리는 물줄기
날개를 단 물길
숲을 상큼하게 물꽃

하 나 .

수수께끼 024

함께 살아가려면 이렇게
서로 사랑하려면 이처럼
같이 꿈꾸자면 이대로
나란나란 해맑게 이 길

흙 모래 돌 품에서
풀 꽃 나무랑 사이좋게
새 벌레 사람하고 곱게
하늘 구름 시내 골골

다치거나 아픈 누구나 돌보면서
파랗게 빛나는 하늘로 북돋우고
지치거나 슬픈 모두 받아안아
푸르게 해밝은 바람으로 살찌워

스스로 포근하면서 스스로 시원하고
스스로 깊으면서 스스로 넓어
잊기는 했지만 사람된 바탕
잃기는 했지만 서울 한복판

푸르다

수수께끼 025

빨갛게 노랗게 하얗게
포근하게 덮으면서 고요해
눈부시게 감싸면서 알록달록
환하게 어루만지며 기뻐

바라보고 싶다
부끄러운 날은 숨고 싶다
껴안고 싶다
신나는 날은 찾아가고 싶다

어떤 것이든 맞아들여서
활활 태우고 키우지
무엇이든 누구이든 받아들여서
반짝반짝 나눠 주고 돌봐

어린이 품에 커다랗게
어른 두 손에 듬직하게
우리 눈에 초롱하게
풀 꽃 나무에 맑게

하 나 .

수수께끼 026

별을 담아서 별내음
꽃을 얹어서 꽃소리
구름을 실어서 구름짓
물을 따라서 물빛

담는 대로 다른 냄새
얹는 만큼 새로운 소리
싣는 사이 즐거운 몸짓
따르는 동안 환한 빛

동그랗게 담아 볼까
세모낳게 얹어 볼까
별무늬로 실어 볼까
방울방울 따라 볼까

그릇 곁에 있지
소복하게 또는 조촐하게
판판하게 펼치지
먹음직히 또는 맛깔스레

수수께끼 027

하나야
크지 않아도 하나야
나를 더 가를 수 있는데
더 갈라도 모두 다른 하나야

낱낱이 갈랐어도 그러모으면
새롭게 한덩이 되지
이리저리 흩어지기도 하지만
곳곳으로 퍼지기도 해

둘 셋 넷이어야 배부르기도
꼭 하나로 배부르기도
여럿으로 나누면서 즐겁기도
딱 하나로 반갑기도

아무리 잘게 해도 다 같아
더없이 잘게 놓아도 같은 넋
하나를 잃는다고 걱정하지 마
하나를 찾기에 기쁘거든

수수께끼 028

비 한 방울이면 돼
풀 한 잎이면 좋아
열매 한 조각이면 푸짐
바람 한 줄기이면 가득

한몸이 되고 싶어서
한넋으로 가고 싶어서
한사랑을 짓고 싶어서
한길을 놀고 싶어서

꽃가루를 만지는 벌나비
나뭇잎에 안기는 애벌레
숲을 품는 크고작은 짐승
냇물을 마시는 물벗

눈으로 받아들여 즐겁다
손으로 어루만져 기쁘다
마음으로 먹어서 소담소담
노래로 스며들어 새록새록

수수께끼 029

나누면 생겨
빈곳에도 생겨
꼭 하나만 생기기도 하고
겹겹이 생기기도 해

옆으로 죽 생기면 가로
위아래로 쭉 생기면 세로
동그랗게 생길 적 있고
별처럼 생길 적 있네

나눈 자리에 넣어 보자
빈곳에 채워 보자
딱 한 마디를 써 넣을까
줄줄이 이야기를 적어 넣을까

글 쓰는 종이에 있네
깍두기공책에 있어
자리를 세는 이름이고
높이를 세는 말이야

집

수수께끼 030

열 살이 되도록 안 주네
이무렵까지는 굳이 쓰지 말래
쥐는 길을 배우고 보면
매우 쉽게 슥슥 나가

즐거웁도록만 쥐고 쓰래
조금이라도 힘들면 놓으래
억지 쓰거나 힘으로는 안 된대
살몃살몃 그으면 된대

쓰고 나면 숫돌로 갈지
풀밭에서 신나게 쓰고
등나무 덩굴도 척척 다루고
풀냄새 실컷 맡아

콩씨 심은 데에 풀줄기 덮자
수박씨 심은 데도 풀포기 덮자
우거진 숲에 길 내고
ㄱ처럼 ㄴ처럼 생겼지

둘 .

수수께끼 031

내 몸을 태우는 동안
불빛을 가볍게 태우지
내 팔다리를 태우면서
숨빛을 곱게 태우고

내가 타오를 적에
둥글게 무지개가 뜨고
아롱아롱 꽃이 피고
둘레가 환해

해가 뜬 한낮이라면
나를 찾을 일 없고
깜깜한 한밤이라면
나를 찾고 싶어한단다

콩기름으로도 나를 빚던데
벌꿀로도 나를 빚어
나는 어둠을 밝히는 꽃이면서
마음자락에 꿈을 심는 별이야

수수께끼 032

두꺼우면 무겁지만 든든
얇으면 가볍지만 산뜻
크면 때로 걸리지만 포근
작으면 꼭 끼지만 매끈

여러 겹으로 추위를 바꾸고
홑겹으로 더위를 잊고
홀가분하게 민민
아늑하게 긴긴

마음이 자라는 넋이 깃들어
생각이 움직일 얼이 살아
빛을 담는 그릇이고
불을 안은 터전이네

바로 우리 몸
새삼스럽게 보태는 몸
흙에서 오고 바람볕에서 오는데
누에 모시 솜이 짓지

수수께끼 033

담아서 늘 주무르고 싶다
넣어서 내내 만지고 싶어
잘 두어 같이 돌아다닐래
언제이든 꺼내며 놀고파

다 담지는 않지만
다 담도록 크게 지을까
모두 넣지는 않는데
모두 들어가도록 넓힐까

너한테 주려고 살짝 챙겼어
네 몫을 조금 덜어 놓았지
나중에 쓰려고 몇을 넣었네
좋은 것 건사하려고 비웠고

가만히 손을 넣으니 따뜻해
손이 시려우면 너도 넣으렴
꽃삽은 왼쪽에 꽂더니
책을 오른쪽에 꽂았네

수수께끼 034

가로하고 세로를 더해
씨줄하고 날줄을 엮어
오라기를 고르게 묶지
둥근 타래가 너른 판으로

겹겹이 빛깔을 넣고
속속들이 무늬를 담아
크기를 맞춰 오리고 도리고
쓰임을 살펴 붙이고 달아

솜으로 누에로 모시로
요새는 기름서 뽑은 플라스틱으로
하늘하고 해를 담기도 하지만
똑같이 찍는 틀질 되기도 하지

통으로 두르면 치마로
둘로 돌리면 바지로
넓게 펴면 이불로
두루 덮고 폭신히 감싸

수수께끼 035

돌아가고 싶은 곳
나갔으면 들어가고 싶은 데
머물고 싶은 자리
여기에 있기에 느긋하며 아늑해

제비는 해마다 고쳐서 써
까치는 여러해 고이 쓰고
참새는 풀숲이나 덤불도 좋으며
딱따구리는 나무를 사랑하네

달팽이는 어디로 가든 지고
메뚜기는 몸빛 닮은 잎에서
가재는 돌 틈에서
잠자리는 장대 끝에서

하늘 이고 땅을 펴서
바람 가볍게 드나들고
햇살 사뿐히 감겨들도록
흙 돌 나무로 마당과 함께

수수께끼 036

우리는 서로서로 비춥니다
너를 보면 나를
나를 보면 너를
서로서로 새롭게 비춥니다

똑같이 비추지는 않아요
고스란히 비춘답니다
그대로 비추지는 않네요
겉에 드러나는 속내를 비춰요

어떤 모습이든 비추기보다는
어떤 마음이든 비추어요
무슨 빛깔이든 비추기보다는
무슨 생각이든 비추고요

못생기거나 잘생기지 않아요
배우거나 나누려고 비춰요
밉거나 예쁘지 않지요
즐겁거나 기쁘려고 비춥니다

둘.

수수께끼 037

아, 개운하다
아이참, 시원하군
오오, 좋아 좋아
이야, 말끔하네

엥, 때가 남았잖아
으앙, 찌꺼기 그대로야
아악, 얼룩을 안 지웠어
헉, 아직 지저분해

물을 촤촤 쏴쏴 튼다
수세미를 쥔다
복복 박박 북북 뽁뽁
마치 새가 노래하는 듯해

즐겁게 먹었으니
반갑게 누렸으니
든든히 맛보았기에
사랑으로 한끼 지었기에

수수께끼 038

박으니까 든든히 버텨
박아서 마음이 시큰해
길고 곧게 뻗으면서 쾅
굵고 짧게 받치면서 꽝

대나무를 깎아 볼까
쇠붙이를 벼려 볼까
때로는 쐐기를 쓰지
이쑤시개를 쓸 수도

많이 쓰면 튀어나오는 데 있어
적게 쓰면 엉성하게 틈이 생겨
아주 뚜렷하니 똑부러지는 말
다른 생각 그만하자며 자르지

백두산에는 하늘 담아서
한라산에는 흰사슴 모여
고니가 내려앉아 춤추고
마을을 촉촉히 살찌우지

수수께끼 039

손가락으로 집어도 되지만
아뜨뜨 축축 끈적끈적하지
입으로 후루룩해도 되는데
어뜨뜨 질질 입가 지저분

손가락처럼 가볍게 놀려
손바닥처럼 판판히 담아
정갈하게 둘러앉아 나눠
깔끔말끔 누리고서 치워

나뭇가지로 길쭉길쭉 깎자
나무판으로 둥글넙적 파자
나뭇가지를 그대로 써도 돼
동글동글 호리박은 국자로

뜨거운 국수 섞기에 좋고
나물을 무치면서 좋으며
열 사람이 한 술 나누니
새롭게 한 그릇 태어나

수수께끼 040

혼자 들어가도 넉넉하고
둘이 들어가며 아늑하고
셋이 들어가니 재미나고
넷이 들어가서 깔깔까르

나뭇잎 하나가 곱게
풀잎 두서넛이 고이
꽃잎 다섯이 곱상히
온누리 고루 보듬네

씨줄날줄 숱한 실을 엮어
조각조각 알록 무늬 담아
여름은 가볍게 겨울은 폭신히
한 겹 두 겹 켜켜이

때로는 구름으로 삼고
때때로 햇볕으로 두고
자리를 빛내는 숨결이
바닥을 꾸미는 손길이

수수께끼 041

혼자 구르면 혼마실
둘이 달리면 두멋길
셋이 밟으면 셋씽씽
여럿이 타면 함생쌩

누워서 구르기도 해
서서 달리기도 하지
천천히 밟으며 두리번두리번
재빨리 타면서 저 멀리 앞에

들길을 구르며 들볕 먹자
멧길을 달리며 멧바람 듬뿍
바닷길 밟으며 바다빛 가득
마을길 타며 이웃하고 상냥절

둘 셋 넷 여러 바퀴
외바퀴로는 둥글춤
스스로 가르고 온몸으로 나선다
이 땅을 아끼는 발걸음 된다

집

셋. 몸 042~059

수수께끼 042

하늘에 닿고 싶어서
별까지 잇고 싶어서
무지개로 가고 싶어서
바람을 타고 싶어서

물결을 잡고 싶어서
구름을 쥐고 싶어서
이슬을 만지고 싶어서
함박눈을 안고 싶어서

쭈욱 뻗는다
나무도 사람도 풀도 뻗는다
나비도 잠자리도 새도 뻗을까
뻗지 말란 까닭 없지

서로 안기고 싶어 내밀어
혼자 끼면 싫단 뜻
활짝 벌리면 반갑단 뜻
뚝 꿈치 목 심 씨름

수수께끼 043

요새는 봄겨울에도 먹지만
봄에 막 흰꽃이 펴
우리 흰꽃은 고운데다가
달콤달콤 냄새가 짙어

맨발로 바다를 척척 걷던
냇물을 뛰어다니며 놀던
사뿐거리는 몸빛을 잊은 뒤부터
나무로 나를 묻더라

사람한테만 있는 줄 아니
메뚜기 사마귀 나비도 있어
개구리 맹꽁이 두꺼비도 있어
나무한테 있을까 없을까

갓 딴 열매는 껍질도 달아
요새는 쇳덩이로 묻기도 해
너희는 어머니 이곳에서 자랐어
자, 다 다른 나는 누구일까

셋 .

수수께끼 044

바람이 드나드는 길
서로 여닫으며 다루는 길
알맞게 받아들이는 길
시원하며 따뜻한 길

바람에는 소리도 싣지
바람에는 느낌도 얹지
바람에는 물결도 담지
바람에는 빛살도 놓지

열고 싶으면 활짝 깨고
닫고 싶으면 단단히 웅크려
열면서 모두 소릿결로 바꾸고
닫으면서 다 가로막거나 쳐내

바람이란 말
바람이란 가락
바람이란 노래
이곳에서는 소용돌이로 그러모은 춤

수수께끼 045

살갗으로도 나오니
늘 씻어 주고
옷 자주 갈아입으면
냄새가 사라져

먹은 곳에서 먹은 대로
받은 데에서 받은 대로
흐르는 결을 듬뿍 실어
새로 태어나려 해

여기에 있는 이것이면서
저기에 사는 저것이더라
언제나 다르게 생긴 몸이고
모두 하나인 숨결이야

네가 보는 눈대로 보이지
네가 아는 머리대로 알아
나를 가릴 줄 안다면
철이 드는 새 걸음마

셋 .

수수께끼 046

맛있을까 맛없을까
내밀까 감을까
입술을 닮은 빛깔
촉촉히 젖은 무늬

소리를 또르르르 굴려
가락을 따그르르 놀려
말을 사르르르 녹여
얌전히 있으면 조용조용

어디서 왔는지 알아내지
어떻게 왔는지 알아보고
무엇을 담았는지 알아채며
얼마나 되는지 알아들어

가볍게 까부르면 시끌시끌
곱게 움직이면 나긋나긋
뱀은 더듬이처럼 쓰는데
눈송이 빗물 날름 얹으며 놀아

수수께끼 047

하늘이 파란 날은 파랄까
누런 들판에서는 누럴까
하얀 눈밭이라면 하얄까
까만 별밤일 때는 까말까

여름에는 짧고 작더니
겨울에는 길고 크구나
아침에는 제법 길쭉이
저녁에는 어라 옅은빛

날아가는 새는 어디에 있을까
기어가는 개미한테도 있겠지
춤추는 나뭇잎이라면 춤추나
노래하는 나한테는 노래빛일까

디디고 밟아도 멀쩡해
잡고 붙잡아도 또 놓쳐
겹겹이 쌓아도 같은 빛
별님은 어떻게 남길지 궁금해

셋 .

수수께끼 048

눈으로 볼 수 있어
손으로 만질 수 있어
여러 가지를 알맞게 품고
이모저모 든든히 지켜

다 다른 모습이야
작다가도 커지고
크다가도 주는데
천을 걸치기도 해

바람이 드나드는 자리이고
기운을 보여주는 틀이고
해를 받아들이는 데이고
물이 흐르는 길이고

온마음을 다하면 놀랍게 움직여
온힘을 쓰면 새롭게 빛나
온사랑으로 가꾸면 늘 젊어
온꿈을 스스로 이루려고 쓰지

몸

수수께끼 049

노래, 노래, 노래
뽀뽀, 뽀뽀, 쪽쪽
너한테 하고픈 말 있어
너한테서 들을 말 있어

알몸 되어 비 맞으면 시원
옷 다 벗고 바람 마시면 상큼
맨살로 햇볕 먹으면 따뜻
맨손으로 나무 쓰담하면 두근

때로는 악기로 노래하지만
때때로 눈짓으로 말하지만
곧잘 손잡고 부둥켜안지만
더러 글로 얘기하지만

김을 후 불어 새 숨결
음음 흠흠 큼큼 홋홋
한마음 되어 맞출까
먹을 때에만 쓰지 말자

셋 .

수수께끼 050

쌓이네
폭 덮네
온통 조용하네
가만히 지켜보네

차가운가 시원한가
하얀가 새하얀가
티끌만한가 함박만한가
반가운가 싫은가

모두 멈춘다
문득 다 뛰쳐나온다
땀흘려 쓸고 밀어낸다
신나게 뭉치고 굴린다

겨울에
또 봄에
나무에도 우리 몸에도
환하게 눈부시게

몸   79

수수께끼 051

따뜻하기도 포근하기도
그대로 두면 부드러우나
자꾸 치면 따끔 뾰족
살았으면 누구나 있어

매끈한 몸을 감싸
미끈한 몸을 돌봐
잎사귀에도 나고
아주 작으면서 안 작기도

짐승은 철마다 갈지
사람은 알맞게 갖추는데
곳곳에서 다 다른 구실
나무도 꽃도 두루 있지

머리에서는 카락이 되고
턱에서는 나룻이 되네
때로는 솜 같은데
빛깔이 다르지

수수께끼 052

머리를 감거나 빗기도
책을 읽거나 나르기도
칼 쥐어 도마질 하기도
내밀고 받아서 꾹 쥐려고도

톡톡 눌러 보려고
슥슥 문질러 보려고
가볍게 비벼 보거나
코옥 찔러 보려고

하늘을 만지고 싶어서
구름을 긁고 싶어서
빗물로 적셔 튕기고 싶어서
바람을 삭삭 훑고 싶어서

왼쪽 오른쪽에 짝지었지
피아노 피리 거문고 또르르
아기를 간질여 까르르
빛을 집어 너한테 사르르

몸

수수께끼 053

내가 없는 사람은 없어
나를 반기는 사람은 적어
내가 나오면 싫어하더라
나를 확 풀어버리려 해

어떤 아이는 날 달고서 놀아
어떤 아이는 날 빨아먹더라
어떤 아이는 날 옷에 닦고
어떤 아이는 날 팽 내보내

추운 곳에 있어도 나오지만
더운 곳에 있어도 나오지
숨을 부드러이 쉬라고
바람을 한결 잘 먹으라고 나와

끙끙 앓으면 끝없이 나오다가
말끔 나으면 감쪽같이 사라져
몸이 어지럽다는 뜻을 둘레에
훌쩍쿨쩍 소리로 알려

수수께끼 054

누구나 있다네
어디에나 있고
일에도 있더라
놀이에도 있어

꼭두로 있기도 하고
첫째 아닌 막째한테도 있어
슬기로이 있으면서
어설프거나 엉성히도 있네

생각이 불꽃처럼 터지는 자리
생각이 봄꽃처럼 피어나는 곳
생각을 나비처럼 띄우는 터전
생각을 씨앗처럼 심는 밭자락

찌릿짜릿 흐르도록 내놓는다
보는 모두를 새로 담는다
번쩍번뜩 떠올려서 내보인다
더듬이 달고 새롭게 듣지

몸

수수께끼 055

바람을 마시며 가볍고
해를 먹으며 튼튼하고
물을 머금으며 부드럽고
빛을 맞이하며 아름답지

겉과 속을 잇는 길
안과 밖을 맺는 터
넓게 퍼져 춤추고
곱게 엮어 노래해

서로 맞닿으며 따뜻하네
한쪽이라도 다치면 힘들어
같이 뒹굴면서 빙그르르
구석구석 아끼면서 기운나지

쓰다듬으니 좋아
주물주물 풀면서
토닥토닥 반가워
넋이 입은 빛살옷

셋 .

수수께끼 056

없으니 마음껏 오가
낮으니 가볍게 넘고
높으니 답답하게 막혀
오르지 못하기도 해

없으면 모두 드나들고
낮으면 살짝 찰랑이고
높으면 듬뿍 가둬
출렁출렁하네

털이 안 자란 어른이 있고
텁수룩한 어른이 있네
사내라서 털복숭이는 아니고
가시내라서 매끈하지는 않아

손으로 괴고 생각에 잠겨
손가락으로 긁적긁적 망설여
주걱이나 세모꼴이 있고
내가 빠지면 말을 못해

몸

수수께끼 057

들판처럼 넓더라
바다만큼 넉넉하지
하늘마냥 드넓던데
구름같이 폭신하고

이 많은 짐을 담던데
그 온갖 일을 하더군
저 갖은 바람 가리고
우리들 너끈히 업네

반반히 펴며 든든해
구부정 해도 살가워
고래가 되면 푸짐판
새우가 되니 쪽마루

멧골에 가지런한 줄기
떠밀려 얼떨결에 한판
돌리니 서먹서먹 사이
손바닥 얹으면서 믿음

셋 .

수수께끼 058

나는 바닥을 잘 알지
대기만 해도 알지만
닿기 앞서 미리 알고
다다르면서 속속들이 알아

나는 길을 잘 읽어
가기만 해도 읽는데
걷기 앞서 먼저 읽고
지나가면서 낱낱이 읽어

나는 풀밭을 꽃밭을 반겨
그윽한 내음 푸른 냄새 좋고
나는 빗물을 샘물을 그려
풍덩덩 소리 통통 느낌 신나

나아가는 흐름을 자국으로
살아가는 이야기를 자취로
어깨동무 오늘을 걸음으로
거듭나고 날아오를 판으로

몸

수수께끼 059

하루가 싱그럽도록 새벽마다 이슬
언제나 깨끗하도록 구름마다 빗물
누구나 넉넉하도록 따사로이 햇볕
어디나 즐거웁도록 노래하는 멧새

나한테 흐르는 바람줄기
너한테 감도는 빛살빛깔
우리가 함께짓는 이야기
오늘 어우러지는 춤가락

물 한 모금에 어린 맛
바람 한 줌에 서린 길
불꽃 한 자락에 담는 힘
풀꽃 한 손에 흐르는 결

머금으면서 새로 기운나
내놓으면서 서로 기운내
나누면서 모두 기뻐하지
놀면서 새삼스레 솟구쳐

셋.

넷. 느끼다 060~077

수수께끼 060

생각만 해도 웃음 듬뿍
며칠 더 있어야 하지만
하루하루 설레고 들뜨고
기운이 퐁퐁 솟아나네

그날을 머리에 떠올리노라면
시나브로 무지개가 뜨고
짜릿하면서 빙글빙글
목소리가 늘 또르르 굴러

기다리던 꽃봄이야
두근거리는 여름바다야
온빛깔이 녹아서 넘실가을이야
한바탕 구슬땀 신바람겨울이야

언제 어디에서도 생각하지
생각할수록 하늘로 오르지
하늘 오르며 풀쩍풀쩍
송사리도 좋다며 풀쩍춤

넷.

수수께끼 061

얼굴이 달아오르는구나
낯빛이 서늘하구나
웃음이 자취를 감추고
노래가 꽁무니를 빼네

달아오르던 얼굴이 까맣게
서늘하던 낯빛이 차갑게
웃음 잊고서 날카롭게
노래 버리고서 딱딱하게

까만 구름에 까만 마음
차가운 말에 차가운 몸
날선 눈매에 날선 목소리
딱딱한 몸짓에 딱딱거리기

놀 수도 배울 수도 없구나
사랑도 삶도 다 따분하구나
아, 어쩐지 마음에 안 들어
마음에 드는 길로 바꿀래

느 끼 다

수수께끼 062

고우면서 고움뿐만 아니지
기쁘면서 기쁨뿐만 아니네
착하면서 더 너머이네
포근하면서 이 너머로 나아가지

살살 보듬어서 낫게 하는 손
찬찬히 가꾸며 새로 짓는 손
즐겁게 나누고 어깨동무하는 손
반가운 글월을 적어 띄우는 손

풀잎 꽃잎 나뭇잎 어루만지지
새 나비 잠자리 내려앉아
바람이 둘레에 따뜻이 불고
햇빛 별빛 무지갯빛 품네

가없이 넓으면서 깊은 눈
그지없이 상냥하면서 맑은 입
더없이 어질면서 슬기로운 귀
한결같이 밝게 생각 심는 넋

수수께끼 063

무엇이든 심는 자리
어떤 꿈이든 그리는 곳
무슨 생각이든 펴는 데
어느 길이든 일구겠다는 밭

좋은 것도 궂은 것도 없어
큰 것도 작은 것도 없네
밝은 것도 어두운 것도 없고
먼저도 나중도 따로 없구나

스스로 심어 스스로 돌본다
손수 그려 손수 북돋운다
내가 펴서 내가 이룬다
어디로든 나아가며 가꾼다

이 자리에서 빛이 태어나
이곳에서 노래가 생겨나
온데간데없이 사라지더니 번쩍
꿈길을 삶길과 사랑길로 잇는 여기

느 끼 다

수수께끼 064

여름에 찾아온 빗물 같아
봄날 꿈꾸는 새벽이슬 같아
겨울을 덮는 흰눈 같아
가을날 노래하는 하늘빛 같아

먼지가 찾아와도 끼지 않아
티없는 숨결로 사니까
땟물로 덮어도 싸이지 않아
해님을 닮아 비추거든

착한 마음으로 바라보면 이렇지
참한 생각으로 지켜보면 이렇고
슬기롭게 헤아려 볼 때 이러한데
사랑스레 서로 볼 적에 이래

싱그럽게 사는 기운이야
산뜻하게 자라는 힘이야
새롭게 피어나는 넋이고
상냥하게 말하는 눈이지

넷 .

수수께끼 065

내가 있는 그대로
네가 하는 고스란히
우리가 가는 모두
서로 어우러지는 이 빛

따스하게 안았구나
우람히 숲 이루었구나
넉넉하게 품었구나
온 하늘이 되었구나

나답고 너답고 우리답고
살림답고 삶답고 사랑답고
꽃답고 풀답고 잎답고
사람답고 숨결답고 노래답고

골골샅샅 쓰담쓰담 바람같아
두루두루 부드럼빛 해님같다
고루고루 비내리듯 별님같네
비슷한말은 아리땁다 어여쁘다

느 끼 다

95

수수께끼 066

참말로 있을까
난 동생이지만 이렇지 않은걸
누나도 때로는 이렇게 구는걸
그런데 참으로 있을까

둘을 맞대려니까 불거져
한쪽을 올리려니까 갈라져
어깨동무를 안 하는 곳에 있어
손을 안 잡아도 나타나

대어 보면 알겠지만
나쁘지도 좋지도 않아
낮지도 높지도 않고
모자라지도 넘치지도 않아

아낌을 받을 곳일 수 있어
돌봄을 바라는 데일 수 있고
더 사랑으로 가꿀 자리이거나
우리 모두일 수 있어

수수께끼 067

이제 볼 수 있어
너처럼 느낄 수 있어
이제 할 수 있어
너하고 놀 수 있어

씨앗에 싹이 텄어
싹에 줄기가 올랐어
줄기에 잎이 돋았어
잎 사이에 꽃 피었어

어른이 된다는 뜻
어버이 품을 나눈다는 뜻
어질고 사랑이라는 뜻
참하며 곱다는 뜻

서로 손잡는 마음이 된다
함께 어깨 겯는 몸짓이 된다
같이 지을 줄 아는 숨결 된다
나란히 노래하는 오늘을 누린다

느 끼 다

수수께끼 068

오늘만 날이 아닌걸
이곳만 좋지 않은걸
비가 주룩주룩할 수 있고
내내 땡볕이기도 해

바라는 대로 되지 않았으면
다음을 바라며 새로 새길까
뜻하는 길하고 어긋나면
앞으로는 뜻대로 가도록 꿈꿀까

우리가 늦었을 수 있어
아직 때가 이르기도 해
나중에 한결 나을 수 있지
더 멋진 모레가 오기도 해

즐겁게 노래해 볼까?
입맛 쩝쩝 안 다셔도 돼
더 천천히 다시 할까?
손맛 쩍쩍 붙도록 웃으며 하자

넷.

수수께끼 069

노래할 때면 저절로
춤추는 자리에서 으레
즐거이 놀면서 곧잘
반가이 만나며 문득

나는 나비를 불러
나는 잠자리를 가르쳐
새끼 새한테 날갯짓 보이고
어린이한테 웃음물결 알려주지

혼자 흥흥흥 즐겁게
함께 호호호 신나게
첫소리로 터뜨려 보자
끝소리로 울려 보자

가벼운 발걸음으로 날기에
가붓한 손짓으로 부르기에
가뿐히 어우르며 달리기에
가려는 길을 그리기에

느 끼 다   99

수수께끼 070

하늘이 달아나네
땅이 숨을 죽이고 숨어
꽃이 웅크리더니 시들어
나무가 움찔움찔 떨어

바람이 갑자기 멎었어
매미 귀뚜라미 다들 고요해
어떤 새도 노래를 안 해
그 많던 개미는 어디로 갔지?

속이 부글부글
이마는 지글지글
손발이 부들부들
머리는 지끈지끈

해가 사라지는 흐름
별이 스러지는 물결
마음이 삭으며 몸이 낡아
우리가 이 생각대로 간다면

넷 .

수수께끼 071

오래도록 가꾸니 이렇구나
즐겁게 보살피니 이렇네
신명나게 춤추니 이렇고
눈치 아닌 눈빛 밝아 이래

햇볕 푸근히 먹더니 이러고
바람 상큼히 받더니 요렇게
빗물 달콤히 맞더니 이러다가
맨발 풀밭에 달리니 이러는구나

네 손에서 빛이 난다
내 다리서 빛이 흘러
우리 몸에 빛이 크고
구석구석 빛살꽃이야

그냥 솜씨가 아니었어
여느 재주를 넘어섰어
모두가 바라는 꿈
언제나 스스로 이뤄

수수께끼 072

온누리가 무지개가 되네
이것저것 모두 또릿또릿
한밤에 한줌 별빛이어도
여기저기 다 반짝반짝

물어보는 족족 척척 말하고
모자라면 바로 착착 챙기고
궁금하면 이내 찬찬 알아보고
배웠으면 곧장 차곡차곡 익혀

일하는 손이 야무지고
돈을 다루는 셈이 깊고
말하는 눈빛이 다부지고
살림 가꾸는 몸이 재고 가벼워

해와 같구나
꽃하고 같으려나
아침이랑 같을 테고
어둠 한복판 불빛 같아

넷.

수수께끼 073

올여름에는 헤엄치기
꼭 해내고팠는데
끝내 안되고 말았네
난 또 꼬르륵인가

올해에는 글씨쓰기
꾹꾹 곱게 쓰고팠는데
도무지 못하고 말았어
난 자꾸 날림인가

그 마음 나도 알아
그렇게 애썼잖니
그 느낌 너도 아니
그처럼 힘썼는걸

그런데 아니?
당근은 두해살이여야 꽃핀대
능금꽃 피기까지도 열 해 훌쩍
아, 그래 훌훌 털어 볼까

수수께끼 074

아직 속에 담았어
미처 못 꺼냈지
오래도록 그냥 두었네
언제쯤 내놓으려나

어제도 오늘도 이루었는데
모레에는 탁탁 내려놓으려나
네 앞에서는 머뭇거렸는데
혼자 서면 할 수 있을까

꿀꺽 삼키기는 그만하겠어
도리도리는 이제 재미없어
한 발 내딛고 싶어
두 발 홀가분하게 날래

물 한 모금부터 훅 넘기자
꽃 한 송이 핀 길을 걷자
어깨 가슴 등허리 모두 쭈욱
"나는 네가 참 마음에 들어!"

넷 .

참말 하늘 날았어
보라고! 붕붕 떠오르잖아
웃음도 노래도 자꾸 터져나와
아아 이렇게 가볍고 멋지구나

무엇을 하든 다 이루겠어
새 놀이를 거푸거푸 짓네
이럴 적에 내 말은 휘파람
이럴 때에 내 눈은 초롱빛

내 손 잡으며 짜릿짜릿
네 손 맞잡으며 두둥실
바람 타고 뛰어오를까
바람 잡고 솟아오를까

이 마음이라면 날렵하지
이 마음이기에 모두 손쉬워
이 마음으로 활짝 갠 오늘
이 마음부터 배우는 우리

수수께끼 076

가랑비가 듣네
바늘을 살며시 꽂네
옷이 젖는 줄 모를까
살살 찌르는데 모르나

어느새 꽃이 피네
어느덧 잎이 지네
시나브로 씨앗 맺고
바야흐로 씨앗 터져

가벼운 듯 가늘게 오고
아닌 듯 뾰족하게 가고
넌지시 짚으려는 듯하고
스을쩍 쏘아붙일 듯하군

잘 붙도록 토닥이고
잘 풀라며 두들기고
잘 아물게 다독이고
잘 익게끔 조물조물

넷 .

수수께끼 077

시키는 대로 하지 않아
마음이 곱게 가는 대로 해
고분고분 따르지 않아
깊고 넓게 헤아려서 해

동무를 돌보려는 마음
사랑 같이 날아오르는 마음
개미를 살피는 마음
나무를 포옥 안는 마음

딱정벌레를 어깨에 앉히지
잠자리를 손등에 앉히고
바다랑 한몸이 되다가
구름을 불러 타고서 잠들어

어버이한테서 물려받을까
아이한테서 얻을까
맑은 눈일 적에 이 마음
고운 입일 때에 이 숨결

다섯. 생각 078~094

수수께끼 078

보는 대로 담기도 하고
생각하며 빚기도 하고
느끼기에 엮기도 하고
꿈꾸면서 짓기도 하지

너는 손으로 담네
나는 눈으로 빚지
너는 붓으로 엮네
나는 삶으로 지어

눈을 뜨면 눈으로 본다
마음을 열면 마음이 보네
길을 가면 길마다 빛깔
하루를 열면 어디나 차곡

넌 네 꿈을 종이에
난 내 사랑을 여기에
우린 이 노래를 땅에
서로서로 온 숨결을 별빛에

수수께끼 079

까마귀도 하고 까치도 하지
지렁이도 하고 개미도 해
범나비도 하고 제비나비도 하고
고추잠자리도 하고 모기도 하네

구름은 비를 뿌리며 하고
냇물은 흐르면서 해
바위는 가만히 앉아서 하고
풀무치는 날아오르면서 해

입으로 한다
손으로 한다
눈으로 한다
마음으로 한다

생각이 노래되어 솟는다
마음이 또랑또랑 들린다
꿈을 이렇게 펴고 나누네
씨앗이 되고 이름이 돼

다섯 .

수수께끼 080

아주 작아서 지나치다가도
새하얀 곳에서는 또렷해
한둘일 적에는 안 대수로운데
뭉치고 모이면 대단하지

잔몸짓이어도 드러나
잔물결이기에 잘 보여
자잘하지만 못 숨지
잘디잘아 확 뜨여

하나도 없다면 해와 같아
한 조각도 없어 빈틈이 없네
하나라도 있으면 맑지 않고
이 하나를 걷으면 매우 밝지

사뿐사뿐한 곳에는 없다
홀가분한 데에도 없고
고요한 데에는 잠들었고
문득 나타나서 마음을 읽어

수수께끼 081

잘 모르겠네
환하게 알겠어
너무 어렵잖아
대단히 쉬운걸

왜 이런 일이 생길까
이 같은 이야기는 무슨 뜻일까
나한테 찾아오는 까닭이 궁금해
너한테 일어나는 하루는 뭘까

모를 적에는 깜깜 고요
알아낼 적에는 후련 활짝
들려줄 때는 빙긋빙긋
풀어낼 때는 아하하하

고개를 넘는구나
고비를 지나는구나
벼랑을 건너 수렁을 나오는구나
쑥대밭 헤쳐 오솔길 내는구나

다 섯 .

수수께끼 082

누구나 짓는 말
어디에서나 여는 말
즐겁게 문득 떠올린 말
놀다가 일하다가 터뜨린 말

보금자리 가꾸는 어머니가
흙을 돌보는 아버지가
나무를 심는 할머니가
새랑 노래하는 할아버지가

숲이 가르쳐 주고
내가 스스로 알고
바람이 가볍게 들려주고
우리가 저절로 익히고

보금자리마다 피어난 말
이 마을에서 살아난 말
저 고을에서 빛나는 말
온 고장에서 깨어난 말

수수께끼 083

한쪽에서만 나올 수 없어
이 뜻만 밀어붙이지 않아
함께 만나려고 하고
서로 즐거우려고 해

혼자서는 못하지
둘이 있으면 하는데
마음을 열면 혼자서도 하고
마음을 닫으면 여럿이도 못해

새롭게 생각을 틔우려는 길
이제껏 일군 뜻을 북돋울 판
모두 마음을 모아 세울 꿈
제자리걸음 딛고 어깨걸음 가는 터

꽃이 되고 싶은 말
잔치로 가려는 말
하나하나 새로운 말
새록새록 밝은 말

다섯.

수수께끼 084

내 느낌 읽어 볼래?
네 마음 알고 싶어
우리 꿈 살펴보겠니?
너희 사랑 헤아리고 싶다

물려주려는 살림을 적어
물려받을 삶을 돌아봐
펴고 퍼뜨릴 씨앗을 심어
나누고 누릴 열매를 찾아

하나로 오롯이 숲이고
여럿으로 옹글게 숲이며
묵을수록 푸르게 숲이자
새로울수록 깊이 숲이야

나무로만 짓지 않아
슬기롭게 서는 손길로 지어
붓으로만 쓰지 않아
어질며 참하게 서는 발바닥으로 써

생 각

수수께끼 085

물결이네
춤이야
휘파람 아닌가
물결이자 춤이고 휘파람인가

반가울 적에는 아름답지
싫을 적에는 시끄러운데
귀찮을 적에는 귀가 아파
늘 같은데 마음 따라 바뀌어

별이 움직일 때에 나와
꽃이 피거나 씨앗이 터지거나
눈물이 나거나 웃음이 날 때에도
별이 빛날 때에도 나오고

마음에서도 늘 흘러나오지
귀를 기울여 들어 봐
오롯이 퍼지면서 드리우는
말이면서 노래이면서 뜻인 나를

다섯.

수수께끼 086

마음은 생각으로 나타나고
생각은 말로 드러나고
말은 글로 그리고
글은 눈으로 짓지

마음이 흐르는 넋은
별빛이 내려앉은 곳
고요히 노니는 별은
까만 씨앗이 자라는 데

하나로 묶어 본다
하늘을 담아 본다
하루를 놓아 본다
한아름씩 한꺼번에 잇는다

한살림이 이곳에서 감돌아
한겨레가 이것으로 노래해
온누리가 한누리로 나아가도록
종이에 마음에 바람에 새기는 글

수수께끼 087

살림을 사랑하는 사람 있어
삶을 새로 세우는 사이가 돼
새록새록 솟아나는 한 마디를
새삼스레 설레는 소리 담기

말 한 마디로 밝히더니
말 한 꾸러미로 살리고
말 한 자락으로 가꾸더니
말 한 동이로 채우고

보여주고 풀어주고 이어주고
파헤치고 엮어놓고 맺어놓고
묶었다가 펼치다가 나란히
저마다 다르면서 닮은 길

하루를 배우면서 모두 익히는
하나를 찾으면서 깊이 살피는
문득 넘기다가 깨닫는다
말이 숨쉬며 거듭나는 숲밭

다섯 .

수수께끼 088

언제나 처음이더라
아주 가깝더라
코앞에서 볼 수 있더라
굳이 가지 않아도 되더라

여기를 보며 가지는 않아
이곳을 바라며 하지 않지
이 길에 이를 까닭은 없어
이 땅에 서도 늘 돌아가네

막다른 자리는 아니야
못하는 데이지 않으니
한발짝 앞으로 나아가
두걸음 깡총 뛰어 봐

다음으로 가는 길목이면서
다음을 바라는 대목이면서
다음다음 또 다음을 이어
씩씩하게 일어서는 이곳

수수께끼 089

아침에 일어나면서 그려
하늘빛 보며 생각하고
풀빛 만지며 떠올리고
물빛 잡으며 느껴

낮에 뛰놀며 펼쳐
손빛 나누며 헤아리고
발빛 찍으며 돌아보고
눈빛 띄우며 알아보지

저녁에 모이며 이야기해
오늘 지은 길을
어제 걸은 자리를
모레 놓을 다리를

밤에 잠들며 담아
온마음이 파랗게 물들도록
이제부터 하나씩 하자며
언제나 해왔고 해보는

수수께끼 090

눈으로 보며 갈 수 있어
눈을 감고서 갈 수 있고
여기에도 있는데
저기에도 있지

곧게 나기도 하다가
두 갈래로 나누기도 하다가
서로 오가기도 하다가
꽉 막히기도 하다가

잘 푼다면 시원히 뚫려
넓더라도 몰리면 갑갑해
혼자 가기도 하는데
다같이 가기도 해

땅에 냇물에 하늘에 있고
바람도 이곳을 다니지
눈이 가는 그곳이면서
손을 뻗어 포근한 이곳이야

수수께끼 091

처음으로 떠오르는구나 싶어
처음이라 새롭다고 여기더라
새로우니 반짝이는 빛살처럼
반짝여서 새삼스레 싱글생글

처음 돋은 저 별은
갓 떠오른 저 님은
오늘 두근두근 만나
다음에 설레며 볼까

해님은 어디에서 오려나
햇살은 어디서 비롯할까
햇빛은 어디까지 퍼지나
햇볕은 어디나 따뜻하네

날면서 노래하니 놀라워
우리는 날개를 잊었을까
잘 안 되었으면 이렇게 하자
모두 접고서 처음으로 가지

다 섯 .

수수께끼 092

한참을 가고서 저무네
하늘이 새롭게 물들어
아침이랑 다른 저녁놀
저기저기 뉘엿뉘엿 가

하루가 흐른 줄 느껴
하느작하느작 하든
흐늘흐늘 해보았든
오늘도 이우는 하늘빛

오는 쪽이 있으니 가는 쪽
오면서 핀 빛이 가면서 비슷해
뱃사람은 늘 읽었대
흙사람도 노상 읽어

이쪽이 되면 비가 그쳐
이녘은 갯벌이 길다
높은 골보다 낮은 들녘
한아름 푸짐히 펼쳐

생 각

수수께끼 093

마알간 하늘빛
맑고 따뜻한 바람
많이 내리쬐는 햇볕
마음이 넉넉한 나날

집을 지으며 바라보는 쪽
포근한 기운이 올라오는 곳
꽃이야기를 알려주는 자리
여기부터 무르익고서 높이높이

여름에 한결 시원 소나기
겨울에 부드러운 추위
봄이 먼저 오고
여름이 꽤 길구나

가을제비가 돌아가는 집
회오리바람이 태어나는 바다
가장 깊으면 가장 추워
아무것도 살 수 없는 터

다섯.

수수께끼 094

노랗게 빛나는 돌이 있어
누렇게 빛나는 알이 있네
샛노랗게 값진 돌이고
싯누렇게 익은 알이야

놀고 놀면 신이 나지
가장 가볍게 웃다가
가장 환하게 노래해
우리 놀이가 활짝 떠올라

어디까지 올라가 볼까
가없이 다다를 수 있나
언제까지 날아가 볼까
끝없이 나아갈 수 있나

겨울이 찾아드는 쪽
찬바람이 부는 자리
위아래는 없지만 웃길
서로서로 아끼려는 빛

수수께끼 095

나무하고 돌을 더했어
나무가 돌을 품었을까
돌이 나무를 사랑했을까
돌이 나무한테 안겼을까

숲을 그려 본다
마을을 지어 본다
동무를 떠올려 본다
나를 새로 본다

손에 작게 쥐는 숲소리
종이에 까맣게 심는 숲빛
이야기에 새삼 담는 숲내음
책에 두고두고 묻는 숲사랑

줄어들수록 즐겁고
늘어날수록 느긋해
뭉툭하면 두껍게 두툼히
뾰족하면 가늘게 가볍게

수수께끼 096

달 함께 보며 도란수다
해 같이 나누며 오순얘기
눈비 함께 받으며 놀이판
바람 같이 쐬며 일마당

오늘은 울력을 하고
어제는 품앗이를 했지
다음은 두레를 짤까
앞으로 모임도 누리고

하나씩 찬찬히 짓지
새롭게 조금씩 가꾸지
언제나 넉넉히 보듬고
누구나 스스럼없이 어울려

여러 보금자리를 아우르는 이름
여러 나라도 나란히 이 이름
지구도 서로 하나인 이 이름
온누리도 크고 단출히 이 이름

여 섯 .

수수께끼 097

이렇게 고마울 수가
이처럼 반가울 데가
이다지 기쁜 일이
하늘이 도운 듯한 이 손길이

앞으로 얻을 수 있어
이제부터 지으려 해
먼저 쓸 수 있도록 돕네
미리 받아서 알뜰히 쓰네

어깨가 무겁지 않기를 바라
같이 지고 서로 나누자
마음이 벅차지 않기를 빌어
함께 찾고 나란히 채우자

어둡던 길을 밝혀 주었어
이 빛을 곧 돌려줄게
깜깜한 담을 허물어 줬지
이 사랑을 곧 갚을게

수수께끼 098

나는 어디로든 간단다
누구나 품에 고이 둘 수 있어
나를 보고서 놀라기도 하고
웃거나 울거나 노래하기도 해

나를 꾸밈없이 짓는 손도
나를 잔뜩 꾸미는 손도
나를 사랑으로 즐기는 손도
나를 장사로 팔고사는 손도

더 커야 멋스럽지 않단다
참 작아도 따스한 기운이 흘러
혼자 보고 싶을 수 있고
널리 보이고 싶을 수 있어

손가락으로도 짓고 눈짓으로도 담아
마음으로도 얹고, 손전화로도 찍지
오늘을 고스란히 옮기니
어제를 모레로 띄우지

여섯.

수수께끼 099

달팽이가 줄줄이 찾아간다
메뚜기가 뛰다 날다 찾아가네
맹꽁이가 꽁맹맹꽁 노래하며 찾고
뜸부기도 북뜸뜸북 노래 곁들여 찾고

아기는 어버이 품이 그곳
어버이는 아기 눈빛이 그곳
할머니는 푸른 숲이 그곳
할아버지는 맑은 옹달샘이 그곳

흙은 부드러운 책
나무는 너그러운 스승
돌은 푸짐한 배움동무
새는 상냥한 살림지기

우리가 가는 모든 곳
우리가 사는 어느 곳
우리가 있는 이곳
우리가 어울리는 고운 곳

수수께끼 100

이동안 모두 빚어
이러는 사이 무지개 뜨고
이렇게 저렇게 그렇게 흐르면
아기는 말똥말똥 눈빛 밝아

사흘 사흘 하루
하루 이틀 나흘
닷새 하루 하루
엿새 하루 쉼

이동안 눈비가 퍼붓는다면
모두 잠겨서 꼼짝을 못해
이동안 해만 쨍쨍하다면
못물 냇물 말라서 옴쭉을 못해

달 불 물 나무 쇠 흙 해
일곱걸음 내딛는 나날
해마다 쉰두어넛 잔치
머리끝부터 발끝까지

여섯 .

수수께끼 101

말을 하기 앞서 둔다면
일을 할 적에 놓는다면
생각을 하도록 연다면
깜짝 놀랄 만큼 새로워

밥을 먹기 앞서 있다면
무언가 지을 적에 세운다면
마음을 나누도록 마련한다면
더없이 아늑하면서 좋아

아침 낮 저녁으로 흐르도록
일어나서 움직일 적에 생기도록
고요히 잠들 때에 나타나도록
느긋해 볼까

아주 조금이어도 돼
너무 키우지 않아도 돼
빛이 흘러들 만하면 돼
좀 비거나 작아도 돼

수수께끼 102

나누려고 처음 지었어
같이 쓰려고 내놓았지
단출히 두려고 썼고
살림 피울 길로 삼았구나

손길 탈 적마다 이야기 묻고
눈빛 닿으면서 새삼스럽고
고이 쌓으면서 두둑한데
말끔히 비우면 후련하네

쓰고 싶어서 빚어
주고 싶으니 챙겨 놓아
마음껏 다루도록 주고받는데
푼푼이 일구어 푼더분한 하루

동글게 빚으며 동글동글 마음을
네모낳게 짜며 사이좋게 만나
쇠붙이로 찍으며 든든하도록
종이랑 천을 모아 푸르디푸르게

여섯.

수수께끼 103

짝을 이루는구나
마주볼 수 있네
이쪽이 저쪽을 업더니
저쪽이 이쪽을 안아

하나가 아니지
혼자가 아니야
나란히 갈 수 있고
앞뒤로 가기도 해

어머니하고 아버지
할머니랑 할아버지
암꽃하고 수꽃
암술이랑 수술

한걸음을 떼어 보면
이제는 한결 수월해
눈 귀 손 발 콩팥 함께
왼오른 씨줄날줄 같이

수수께끼 104

눈뜨고 보니까 따끔따끔
눈감고 보니까 보들보들
눈뜨고 가니까 갈팡질팡
눈감고 가니까 반듯반듯

왜 맨눈에는 끔찍하지?
왜 감은눈에는 환하지?
왜 몸눈에는 무섭지?
왜 마음눈에는 즐겁지?

밝아 보이더니 어둡더군
어두워 보이더니 밝아
열린 듯하더니 막혔어
갇힌 듯하더니 트였어

봉우리 같은 갓일까
가시내 같은 갓일까
막 태어난 갓일까
달콤알 기다리는 길일까?

여 섯 .

수수께끼 105

살림살이를 차곡차곡 모았네
수수한 살림꽃이 가득하네
오래된 길을 배우고
새로운 길을 노래하네

우리 마을 이야기에
이웃 고을 이야기에
건너 고장 이야기에
우리 집 이야기까지

두루 건사하면서 푸짐하다
고루 간직하면서 가멸다
살뜰히 두면서 너그럽다
알뜰히 모시면서 빛난다

하루가 갈수록 초롱별
손길을 탈수록 매끈풀
눈빛을 받을수록 싱긋꽃
이곳은 나눔꾸러미 한마당

수수께끼 106

웃을 생각이 없거나
웃음을 미워하거나
비웃으려고 하거나
찬웃음을 보이려 하거나

함께 걷는 기쁨을 등지네
같이 짓는 보람을 멀리해
서로 나누는 멋을 꺼리네
나란히 자랄 꿈을 짓밟아

쓰러뜨리고 울려도 안 멈춰
넘어뜨리고 때려도 못 그쳐
호미 아닌 칼, 붓 아닌 총
혼자 갖지만 그저 혼자

홀로 얻지만 쓸 곳 없다면
빼앗은 모두 껍데기라면
앞으로도 잇고 싶을까?
앞세우지 않을 수 있니?

여 섯 .

수수께끼 107

이루려고 하는 마음이 흘러
지으려고 하는 생각을 모아
돌보려고 하는 뜻으로 하나씩
물려주려고 하는 사랑을 심어

여기에 마음이 있도록 하자
이곳을 짓는 생각을 펴자
여기를 돌보는 뜻을 나누자
이곳을 물려받을 꿈은 즐거워

물 바람 해 별 흙 벌레
풀 나무 새 짐승으로 숲
눈길 손길 발길 말길 숨길
모든 길 함께하는 사람으로 삶

놀이를 하는 마당이라면?
일하며 노래하는 판이라면?
배워서 익히는 자리라면?
서로 살리고 키우는 집이라면?

수수께끼 108

나무그늘 같아서 아늑
풀밭 닮아서 포근
구름송이처럼 맑고 시원
처마밑같이 비노래 듣고

갈참 잣 솔 대 느티
갖가지 나무를 옮겼나
머위 달래 맹개 마삭줄
갖은 들풀을 심었나

살살 펴면서 가슴 펴는 길
슬슬 넘기며 어깨동무 길
솔솔 새기며 반짝이는 길
작은 꾸러미가 이끄는구나

이야기로 숲을 이룬 집
노래로 바다가 되는 집
살림하는 사랑이 영그는 집
책숲 책집 책마루 책마당

수수께끼 109

바로 여기야
저기도 거기도 아니야
가만히 흐르고
눈앞에서 마주해

하나하나 모이니 해
서른쯤 모이면 달
일곱이 모여서 이레
그래도 늘 하나일 뿐

새롭게 맞이해
참말 언제나 처음이야
즐겁게 기쁘게 맞이하렴
눈부시게 반갑게 누리자

어제는 아니지만
바로 어제 그때이기도 했어
모레는 아닌데
모레가 다가오면 그날이 되지

수수께끼 110

바람 가르던 시원한 맛을
숲을 누비던 짙푸른 멋을
노래 부르는 멧새 곁에서
빗물 상큼한 흙내 맡으며

온누리 품은 기운 담지
별빛을 마신 숨결 매지
단단히 한 줌 그러모으고
가볍고 긴 대를 벼려

바람맛에 노랫가락이 서린 나
숲멋에 빗물내음이 흐르는 나
손에 쥘 적마다 춤을 춰
손에서 놓으면 얌전히 누워

소리를 그려서 펼쳐
마음을 무늬로 빚어
생각을 글씨로 옮겨
척척 가는 길마다 이야기

여 섯 .

수수께끼 111

여러해를 산다고 하는데
아주 오래 살 수 있지
따로 몇 해를 사는가
센 적은 없어

뾰족뾰족 보여도 부드럽고
날카로이 생겨도 여리고
작아 보여도 알차고
풋풋하다가 기쁘면 빨갛지

가을에는 물들기 좋아해
겨울에는 잠들기 좋아해
봄에는 하얀 얼굴 좋아해
여름에는 빨간 노래 좋아해

때로는 단감빛이 되고
때로는 나무로 자라지
앵두보다 늦게 꽃피고
찔레보다 일찍 꽃피워

수수께끼 112

땅을 솜씨있게 파
달리기는 재주꾼이지
무엇이든 너끈히 올라타
좁은 길도 재게 나아가지

밝은 곳도 어두운 곳도
축축한 곳도 안 가려
마른 밥도 진 밥도
누른밥도 다 좋아

동무들하고 와자지껄 놀고
혼자 뛰고 구르며 놀고
새랑 구름 구경하며 놀고
풀잎 콧등에 얹다가 갉으며

나무에 구멍 내기 쉬워
뱀이 있으면 얼른 내빼
풀줄기 엮어 집도 짓지
난 열두띠에서 맏이야

이 웃

수수께끼 113

나는 노래하기를 즐겨
홀로 노래할 적이 있고
둘이 짝 이룰 때가 있고
곧잘 떼를 지으며 놀아

멀리 다니기도 하지
터를 잡고 머물기도
마실하기 좋아하는데
우리 보금자리가 으뜸이더라

나무에서 깨어난 애벌레 먹고
풀잎 사이 풀벌레 먹고
파르르 날벌레 냉큼 잡아채고
가끔 낟알 이삭 콕콕콕

쪼쪼쪼 쮸쮸쮸 찌리찌리
삑삑삑 비이비이비이 빼배배배
삐쪼삐쪼 삐쮸삐쮸 뻐꾸빠꼬
쇼빗쇼빗 꾸루루루 으까옥

수수께끼 114

곰이 참 좋아하지
새도 같이 좋아해
아이도 어른도 모두 좋아하고
흙도 좋아해

생쥐 들쥐는 잘 먹고
고양이는 갖고 노네
개미 지렁이도 즐기는데
사마귀는 본 척도 안 해

나는 나무야
나는 숲이야
나는 바람이야
나는 해야

모두 품으며 우람하고
나를 품으면 싹이 터
내 이름은 갖가지
상수리 졸참 갈참 떡갈 신갈

수수께끼 115

하얄까 누럴까
구수할까 달디달까
끓일까 지을까
찔까 찧을까

해를 먹고 자랐어
빗물 먹고 컸지
바람 먹고 무럭무럭
흙은 고마운 품

난 옷을 벗었지
살짝 벗으면 누렇고
한꺼풀 벗으면 하얘
나한테도 눈이 있어

새로운 기운이 돼
따끈따끈해도 좋고
식어도 좋아
그릇에 담아 볼까

일곱 .

수수께끼 116

온통 알뜰하지
하늘을 보면서 살아
쭉쭉 뻗고 싶고
사월에 기지개 켜지

반드르르 빛나면서
더없이 여리지만
사람도 벌레도 거미도
새도 짐승도 좋아해

내가 있으면 시원하고
나를 먹고 옷이 태어나
옷은 실로 얻으니까
내 몸이 바로 실이 돼

사월에 동그스름 풀빛 꽃
오월에 쪽빛으로 물든 알
잼도 담그는 오디 아니?
누에는 내 잎을 즐겨

이 웃

수수께끼 117

물어보고 싶어
뚫어보고 싶지
알아보고 싶기도 하고
누려보고 싶기도 해

물으면서 알을 품어
뚫으면서 길을 열어
알면서 하나로 가
누리면서 넉넉하지

가볍게 날아가서 물어보지
따끔하지 않게 뚫어본다
가만히 이어져서 알아보고
실컷 실컷 받아서 누려봐

바늘로 콕
아픈 데를 살짝
앵앵 노래를 퍼뜨리고
때론 찰싹 납짝쿵

수수께끼 118

꽃이 참 하얗지
나뭇가지 가득 피지
여름에 피고 나서
가을 저물 즈음 열매야

노랗게 샛노랗게
둥글둥글 울퉁불퉁
말랑말랑 도톰두툼
손가락으로 껍질 벗겨

첫 손가락 넣으면 픽!
물방울 튀면서
아이 셔!
그런데 달아!

푸른고장서 너희한테 가
우리 동무로 유자
겨우내 고운 냄새랑 맛
한겨울 달달이 즐겨

이 웃

수수께끼 119

말끔하게 해놓지
깨끗하게 지우고
티끌없이 다듬어
반짝반짝 쓸어내

우리 이름은 말끔이
우리 몸은 깨끗비질
우리 일은 티끌먹기
우린 반짝살림 좋아

가볍게 날아서 사뿐 내려앉아
살며시 쓸고닦으며 바쁜 나날
이쪽저쪽 위아래 가리지 않아
다만 우리노 똥은 누시

겨울은 밖이 추워 안에서
여름은 밖이 좋아 붕붕붕
금빛 풀빛 잿빛 검은빛 몸
햇빛 받으며 무지개 같지

수수께끼 120

사람이 눈으로 본다면
나비가 더듬이로 안다면
뱀이 살갗으로 느낀다면
우리는 온몸으로 읽어

당근 무 고구마도 맛있고
굼벵이 지렁이도 즐기는데
뜨거운 볕보다는 폭신한 흙
휙휙 바람보다는 가만한 숨

우리는 땅밑에서 길을 내
우리가 내는 길은 뿌리가 좋아해
우리는 땅속나라를 짓고
고루고루 훑으며 섞어 놓지

가끔은 너희가 궁금해 빼꼼
더러 햇살이 간지러워 빠꼼
우리 달리기는 땅밑 헤엄
우리 뜀박질은 땅속 날갯짓

이 웃

수수께끼 121

한밤내 꿈을 꾸었어
꼬물대며 꿈을 살았어
푸른잎에 안겨 꿈을 먹었어
날개돋는 꿈을 지었어

어느 날 나무가 알려줬지
잠자리도 알려주었고
개구리도 개미도 말하더라
별하고 사마귀도 얘기해

고물고물 사각사각 긴 듯하지만
이 몸 벗으니 커지기만 한 듯하지만
두벌 세벌 네벌 지나
대롱이는 고치를 싼 뒤부터

더는 먹을 맘 없어지고
더는 기어다닐 생각 고치고
더는 달아날 기운 없더니
그저 눈부시게 거듭날 빛 찾아와

일곱 .

수수께끼 122

비행기 없어도 날아
자동차 없어도 달려
아파트 없어도 넓은 집
셈틀 손전화 없어도 누리는 그림

학교를 따로 안 세워
우두머리를 따로 안 둬
돈을 따로 벌지도 쓰지도 않아
구경을 따로 안 다녀

옷이 없어도 따뜻하고 시원해
부러진 팔다리는 새로 돋지
싸움이나 다툼이란 말 모르고
겨룸이나 새치기란 말 몰라

나무 한 그루이면 좋아
풀 한 포기이면 돼
우리는 늘 노래하고 춤춰
푸르게 먹고 파랗게 마셔

수수께끼 123

사람이 심은 남새가 맛나서
갖은 풀벌레 애벌레 찾아오면
네 이놈 하고 부르며
덥석덥석 잡아

사람이 키운 열매가 달아서
갖은 벌나비 나방 날아들면
네 이 녀석 하며 호통하고
날름날름 낚아채

풀벌레 애벌레가 찾아오니
사람은 참 멋쟁이인가?
벌나비 나방 날아오니
사람은 아주 멋님인가?

봄 여름 첫가을 부산히 일하고
한가을에 나락 살짝 서리질
겨울엔 사람집 둘레 어슬렁
텃마을 텃사람 가까이 텃새

수수께끼 124

이렇게 털빛이 곱구나
이처럼 등줄기가 반듯하구나
이다지 몸놀림이 가볍구나
이토록 똑소리 나게 구는구나

냠냠 씹는 풀에서 하늘을
큼큼 맡는 비에서 땅을
슬슬 비비는 나무에서 사랑을
포옥 묻히는 흙에서 노래를

거스르는 적이 없구나
너그러이 돌보고 아끼는구나
물러서지 않네
맨 먼저 나서며 일어나네

속마음을 고이 읽지
눈망울 그대로 야무지지
물결같은 가락을 타고
네다리로 폭신폭신 안아

수수께끼 125

오래오래 아주 찬찬히 꿈꿔
그래서 누가 그러더라
꿈만 꾸니 너무 느리다고
그래도 우린 꿈이 사랑스러워

고요히 웅크려 꿈꾸는 동안
나무가 들려주는 얘기로
이웃이 속삭이는 노래로
날마다 기쁘게 배우지

때가 되면 꿈을 멈춰
날이 되면 생각을 해
철이 되면 눈을 뜨고
바로 번쩍 몸을 벗어

나를 가르친 나무 곁에서
이야기하는 웃음을 터뜨려
나를 보살핀 풀숲 품에서
노래잔치 한마당 퍼뜨리지

수수께끼 126

동무를 괴롭히면 울부짖지
숲을 망가뜨리면 아프게 울어
내 마음은 늘 고요사랑
내 뜻은 언제나 푸른숲

고약한 냄새를 꺼려
향긋한 꽃밭을 반겨
더러운 녀석은 쫓고
해맑은 이웃을 아껴

덩치가 안 커도 두려움 없어
우리 눈빛에는 무서움 없어
들녘을 품는 온몸이고
멧숲을 안는 온넋이야

위아래로 가르지 않는 모임
왼오른을 쪼개지 않는 동아리
여린 벗을 사이에 두고
힘센 벗이 앞뒤에서 이바지

이 웃

수수께끼 127

새우를 좋아해
마실을 좋아해
노래를 좋아해
서로 좋아해

물을 뿜어 볼까
하늘로 날아 볼까
깊이 잠겨 볼까
춤을 추어 볼까

다들 나를 기다려
나는 대단히 크지
사람을 보살피고
언제나 별을 올려다봐

바다는 놀이터
섬은 쉼터
웬만한 배는 나보다 작고
우리 아기는 젖을 먹지

일곱 .

수수께끼 128

올라가자
미끄러지자
구르지는 말자
뛰지도 말아

손을 잡아도 좋고
손 놓으면 아슬아슬
바람을 쌩 가르고
높이높이 새바람 쐬네

비탈이 있어
가파를수록 짜릿해
비스듬해도 재미있지
널을 놓아도 돼

구슬을 굴려 볼까
모래를 흘려 볼까
새 이름을 얻고 싶어
'비탈틀'로 말이야

여 덟 .

수수께끼 129

눈이 반짝반짝 뜨이지
귀가 새록새록 열리고
가슴이 두근두근 뛰어
온몸에 짜르르 기운 흐르고

늦은 일이란 없어
언제나 알맞게 오고
모두한테 새롭게 오네
한꺼번에 오기도 하고

읽거나 들었기 때문은 아니야
보거나 해봤기 때문도 아니야
스스로 생각한 힘이고
내가 나한테 물어보아서야

함께 누리면 훨씬 기뻐
누리기에 기꺼이 다 주네
나누기에 더더욱 자라고
하나를 누리면 열 즈믄 잇달아

수수께끼 130

참 가까운걸
거의 붙을 듯해
너무 다가섰으려나
그러나 좋아서 이러는걸

딴청은 좀 그만
온몸에 힘 좀 꽉꽉
눈도 귀도 코도 확확
마음까지 기운을 잔뜩

더듬이를 이렇게 올리면
소리뿐 아니라 빛결까지 느끼고
머리털을 이처럼 세우면
하늘을 쿡쿡 찌를 듯하네

일을 빈틈없이 하는 모습
언제나 탄탄히 가는 걸음
안 늦추고 제때 마감하고
바로 여기서 제대로 쓰지

여 덟 .

수수께끼 131

가까운 때이지만
조바심나면 너무 먼 때
코앞이라 할 텐데
다그치기라도 하면 사라지고

이렇게 흘렀으니 이렇게 나아가는 셈이고
저리저리 엮었으니
저다지도 일어서는 모습

늘 한길처럼 있어
고스란히 고이 반듯반듯
언제나 또릿또릿 하네
고대로 고렇게 반짝반짝

꽃이 되려는 곳이니
공처럼 동글마음으로 보렴
바로 온다지
이내 된다지

놀 다

수수께끼 132

아침부터 저녁까지 놀았더니
며칠째 거들며 못 쉬었더니
잇달아 일 생겨 마음쓰니
짐 무겁고 갈 길이 머니

혼자 해치워야 한다는 생각에
서둘러 끝내야 한다고 여기기에
잔뜩 떠맡아야 하는구나 싶기에
오래도록 하는데 숨돌릴 틈 없기에

어떻게 하면 살아날까
하늘하고 땅이 도와주려나
새랑 나비가 이끌어 주려나
네가 같이 나서 주려나

여태 끙끙하며 지냈어
이제껏 말도 못 꺼냈어
그렇다면 기지개 좀 켤까
가슴 펴고 새로 해볼까

수수께끼 133

봄 다음에 여름 오지
겨울 너머로 봄 오고
비구름 보내면 무지개 오더니
해님 떠나면 별님 오네

배고픔 씻으면 졸음 오고
빗자루 춤추면 말끔마당 오고
네가 걸으면 내가 오고
우리가 달리면 너희가 와

하루가 머문 자리에는 무엇 올까?
오늘 깃든 곳에는 어떤 얘기 오나?
어제 지나친 데에서 무엇 봤니?
모레 나아갈 터에 어떤 씨 심니?

이 길은 오는 길이야
이 마음에 새빛 심어
이 손길에 글월 건네고
눈을 감고 고요히 빛나

수수께끼 134

아직 모르지만 해볼래
될는지 궁금하니 하겠어
앞날을 꿈꾸니까 하지
오늘을 빛낼 뜻으로 해

하나를 해도 좋지
둘이라면 사이를 떨어뜨리고
셋이면 밭이 될 테고
넷이면 숲이 되겠구나

먼저 마음에 하기에
어느새 온몸으로 하더니
입으로도 노래하듯 하고
이 땅에 차곡차곡 하네

같이 해볼까? 자리 넓어
찬찬히 하자! 씨앗 넉넉
지켜보고 기다리며 설렌다
돌보고 가꾸며 흐뭇하다

여 덟 .

수수께끼 135

팔을 다리를 곧게 하네
등을 허리를 즐겁게 하고
손을 어깨를 가볍게 하더니
생각을 꿈을 새롭게 하지

가고픈 길을 하나씩 그려
함께할 놀이를 둘씩 지어
어제오늘 살림을 셋씩 이어
보금자리 노래를 넷씩 불러

아직 안 보일 만하니
이제 보도록 눈뜨려고
미처 안 보았으니
내처 바라면서 살필게

저 구름을 잡을까
이 돌다리를 놓을까
그 짐을 나눌까
낱낱이 보는 우리 그림

수수께끼 136

다음으로 가 볼까
이제 넘어서 보자
든든한지 살피며 가자
한 발 척 얹으면서

차근차근 올라간다
나긋나긋 내려선다
어디까지 뻗는지 모르고
어디로 이을지 아직 몰라

그렇지만 가뿐히 올라타지
내 손을 등을 어깨를
네 마음을 생각을 손길을
스스럼없이 내주고 기꺼이 내놓네

한 발 올렸다면 좋아
두 발째 올리며 당차
석 발을 올리고 번쩍
지치면 앉아서 쉬고서

여덟 .

수수께끼 137

오늘은 눈부시게 튼튼하도록
어제를 씻고서 새롭도록
앞을 보고 나아가도록
이곳 훌훌 털고 일어서도록

아팠더라도 나쁘지 않아
때 덕지덕지 있어도 밉지 않아
뒷걸음 친다지만 걱정 않지
주저앉더라도 곱게 다독여

너하고 견줄 까닭이 없지
나도 너도 언제나 같은걸
남하고 맞댈 일이 없어
서로서로 아끼고 보살피는걸

대보면 한쪽으로 기울 수 있어
잣대를 치우면 어깨동무 돼
치우기보다는 녹이는 허물벗기
없애기보다는 꿈꾸는 날개돋이

놀 다   171

수수께끼 138

배운 적 없어서는 아냐
들은 일 없어서도 아냐
해본 때 없어서는 아니고
구경한 날 없어서도 아니지

배웠지만 마음 안 갔어
들었지만 좀 따분했어
해봤지만 꽤 어렵더라
구경했지만 낯설었지

마음이 간다면 넘어서겠지
재미나다면 바로 넘어설 테고
수월한 줄 느끼면 이내 넘어서고
구경 멈추고 살펴보면 밝게 넘어서네

이제 받아들이겠니?
오늘부터 듣겠니?
앞으로 새로 해볼까?
제자리돌기를 뚝 끊을래

여 덟 .

수수께끼 139

갓 삶은 국수를 호호
바로 찐 빵이랑 떡을 후후
오늘 탄 열매물을 콸콸
이제 딴 나물을 아삭아삭

함부로 구니 딱딱하고 차가워
되는대로 쓴 글은 따분하네
마음 없이 한 티가 줄줄
아무렇게나 하다간 끝이 안 나

조금 앞서 다 마쳤지
여기 온 지 얼마 안 돼
네 목소리 듣고 곧바로 일어났어
아직 얼마 안 되었는걸

말소리 같아도 뜻은 엇갈려
마음이 있고 없고로도 참 갈려
가만가만 느긋느긋 보니
사랑 담고 안 담고로도 갈리더구나

놀 다   173

수수께끼 140

열었으니 닫아
서툴게 열었어도 찬찬히 닫아
엉성히 꾸렸지만 가지런히 닫아
새롭게 열려고 닫아

놀았으니 쉬지
실컷 놀았으니 푹 쉬지
좀 아쉬워도 기쁘게 쉬지
다음에 또 놀려고 쉬지

눈을 떴으니 감아
잘 보았으니 차분히 감아
오래 뜨고 누렸으니 고요히 감아
다시 빛나 보려고 감아

좋았든 궂었든 끝을 내자
꽃처럼 마무리를 해도
별처럼 마감을 해도
나비처럼 매조지해도 돼

수수께끼 141

조금 아까는 걱정없었는데
갑자기 얼굴 벌겋고
입에서 말이 빙빙 돌고
제자리에 서서 가만히

멋쩍어 빙그레 있기도
수줍어 고개 숙이기도
돌아서지도 못하고
나아가지도 못하고

머리가 하얗다
손이 달달 떨린다
다리에 힘이 없다
누구 도울 사람 없을까

차라리 눈을 질끈
숨을 하나둘 고르기
깊이깊이 마신 바람 내쉬고
다시 눈을 뜨고 입을 연다

놀 다   175

수수께끼 142

못하는 어른이 있고
잘하는 어른이 있어
잘하는 어린이 있고
못하는 어린이 있지

성낼 적에는 안 돼
춤출 적에는 잘 돼
찌푸릴 때에도 안 돼
싱긋 웃으면 척척 돼

입술을 사랑하렴
혀를 좋아하렴
목을 아끼렴
뱃심을 내 보렴

바람을 닮았어
스스로 가락을 입고
어느새 노래가 되지
휘리리 휘이이링

여 덟 .

수수께끼 143

살아가려 할 적에는 하지 않아
잠들려 할 적에는 해
아프고 보면 하지 않아
아픈 줄 잊으면 다시 해

아무래도 모자라서 받아들이네
나 하나는 안 된다고 여기네
너를 맞이해야 한다는 생각
스스로 씩씩히 할 줄 모른다는 길

하지 않을수록 튼튼해
하지 않을수록 하루가 길어
하지 않을수록 머리가 또렷또렷
하지 않으니 하늘바람 읽네

무얼 고르거나 할까 망설이지 마
모두 네 눈빛대로 되거든
적거나 많다고 투정을 부리면 앓이
스스럼없이 반기면 빛

수수께끼 144

일어나지 않도록 하자
퍼지지 않게끔 다스리자
생겨나지 말라며 누르고
기웃대지 말자며 없앤다

바람이 없는 불
새까만 밤이 되도록
다 되었으니 보내는 불
고요한 숨이 되도록

눈만 감아서는 안 되지
생각을 치워야 되더라
겉으로 잠재워서는 또 피네
속까지 몽땅 털어야 하네

낮에는 해를 보자
밤에는 별을 만나자
우리, 속마음으로 사귀자
오늘은 그만 쉬고 이튿날 하자

수수께끼 145

안 하려고 하면 자꾸 하네
그치려고 하면 못 그치네
막으려고 하면 막을 수 없네
잊으려고 하면 또 못 잊네

싫어한다면 싫도록 한다
못마땅하다면 거꾸로 한다
낯 찌푸리면 또 한다
생각을 안 하면 거듭 한다

누르니까 터지려고 해
감추니까 솟아나려고 해
가두니까 열리려고 해
끊으니까 이어지려고 해

길은 하나이면서 쉽네
있는 그대로 두니 풀리네
스스로 보고 받아들이니 녹네
온사랑이란 마음이니 되네

놀 다

수수께끼 146

끼리끼리 키득거린다면 아니야
다같이 웃지 않아도 아니야
즐거워 춤이 나오지 않아도 아니야
절로 노래가 흐르지 않으면 아니야

어린이만 하지 않아
어린이 마음으로 누구나 해
할 줄 아는 어른은 젊어
할 수 있는 어른은 착해

금을 안 긋지
따돌리거나 괴롭히지 않아
언제나 사이좋게 어울려
낯선 동무도 함께하면 더 신나

하늘이 노래하고 땅이 춤춰
집이 덩실덩실 들이 들썩들썩
모두 한마음이 되지
서로 한몸이 돼

여 덟 .

수수께끼 147

아무 때나 안 나와
시킨 대서 못 하지
억지로는 더 안 나와
재미있으면 바로 나오고

내멋에 따라 해
딴사람한테 마음 안 쓰고
남 들으라고 하지 않아
오직 내 가락이야

굳이 입으로 안 하지
발장구 없어도 되고
손뼉 안 맞춰도 되고
놀거나 일하며 저절로 해

흥흥 흠흠
응응 음음
븜븜 믐믐
코는 숨만 쉬지 않는구나

놀 다

수수께끼 148

서로 마음이 흘러서 닿는다
서로 생각을 밝혀서 옮긴다
서로 일손이며 돈이 오간다
서로 주거니 받거니 만난다

내 마음은 밭자락이야
네 생각은 빛자락이네
우리가 모여서 일마당
여기 종이 한 자락 있어

마음이 갈수록 올수록 자라네
생각을 담고 내놓을수록 크지
이야기가 북적북적 책으로
노래하며 라랄랄라 가락결

손바닥에 손가락으로
하늘에 두 눈으로
이 냇물을 온 숲에서
그 사랑을 온 사람이

여덟.

수수께끼 149

바라보며 마냥 좋은데
안으면 이렇게 따뜻하구나
말로 타일러 주기도 하고
눈빛으로 깨우쳐 주기도 해

나도 크면 될 수 있어
기쁜 사랑이 있으면 돼
고운 마음이라면 돼
너른 생각이라면 돼

아기가 늘 찾더라
다람쥐 새도 찾고
나무 풀 꽃도 찾더니
잠자리 매미까시 찾네

어둠을 품어 빛으로 낳아
아버지한테 살림을 가르치고
보금자리를 숲으로 가꾸며
노래로 하루를 짓는 분이야

아 홉 .

수수께끼 150

가만히 보면 개구쟁이
업히면 이처럼 폭신하구나
몸짓으로 가르쳐 주기도 하고
그림으로 알려주기도 해

나도 크면 될 만하지
즐거운 꽃이라면 돼
착한 마음이라면 돼
어진 생각이라면 돼

아기가 잘 따르더라
바람 구름 비도 따르고
흙 내 돌도 따르고
바다 멧자락까지 따르네

빛을 심어 고요히 키워
어머니한테 사랑을 가르치고
숲을 보금자리로 삼으며
춤으로 하루를 빚는 분이야

수수께끼 151

먹여 주더라도 삼켜야
갖다 주더라도 받아야
띄워 주더라도 알아야
불어 주더라도 마셔야

가장 즐거운 밥이란
더없이 좋은 옷이란
다함께 오붓한 집이란
참으로 포근한 사랑이란

알고 싶다면 이렇게 해
밝히거나 나누고 싶어도 이처럼
말하고 싶어도 글쓰고 싶어도
일어서거나 쉬고 싶어도

누가 안 해주더라
남이 돕지는 않아
한 사람이 하기에 바뀌어
나부터 나서니 같이 가지

아 홉 .

수수께끼 152

같이 놀 마음 있지
함께 갈 생각 있고
나란걸음으로 새 날갯짓
서로얘기로 기쁜 활갯꽃

키가 달라도 어깨 결어
힘이 벌어져도 손에 손 잡고
멀리 떨어져도 기꺼이 만나
가까이 살면 늘 어울려

소꿉으로 한살림 배웠지
상냥한 걸음으로 한길 익혔지
글씨 그리며 한꿈 키웠어
말을 섞으며 이야기 빛나

마음 고이 흐르는 사이
생각 활짝 트는 사이
하루를 밝게 즐기는 사이
너나없이 다니는 사이

우 리   187

수수께끼 153

눈을 뜨면서 깨어나
이야기하는 꽃이 되려고 태어나
혼자 놀면서 즐겁고
어울려 달리면서 신나

한 마음에서 둘이 자랐고
두 생각이 한 씨앗으로 커
두 손으로 무엇이든 짓고
한 발로도 어디이든 찾아가

날개를 달지 않아도 날아
지느러미를 붙이지 않아도 헤엄쳐
꿈꿀 줄 아는 숨결이야
사랑히고 싶은 살림이고

모두 가슴으로 담아내고
언제나 활짝 틔워서 시원해
입으로 하는 말과 손으로 쓰는 글은
온누리를 새로 가꾸는 빛이네

아 홉 .

수수께끼 154

빛나려고 태어나지
하늘처럼 구름처럼 바다처럼
빗물처럼 샘물처럼 냇물처럼
눈부신 노래 부르고 싶어

꿈꾸려고 태어나네
나무답게 들풀답게 나비답게
멧새답게 물결답게 바람답게
해맑게 춤추고 싶네

마음에 심은 씨앗은
온누리하고 어깨동무하는 사랑
생각이 피어나는 말은
온나라에 나누는 꽃씨

걷는 자리마다 향긋하다
뛰는 데마다 반짝인다
달리는 길마다 반듯하다
이 땅이 넓고 깊다

수수께끼 155

사랑하려고 태어나지
해님처럼 별님처럼 꽃님처럼
우물처럼 노을처럼 새벽처럼
너그러이 가락 엮고 싶어

이야기하려고 태어나네
들녘답게 멧숲답게 밤빛답게
개미답게 고래답게 미르답게
해곱게 수다잔치 이루고 싶네

마음에 놓은 씨톨은
하늘빛 그리는 발걸음
생각이 솟아나는 말은
미리내로 퍼지는 손짓

나는 곳마다 따스하다
신나는 곳에서 놀이한다
재미나는 곳을 짓는다
이 바람이 참하고 밝다

수수께끼 156

높이려고도 붙이지만
같은 자리 서려고도 써
섬기려고도 부르지만
좋은 마음 나누려고도 적어

맑게 찾아오는 해
곱게 피어오른 꽃
훨훨 날아오른 새
문득 내려오는 비

슬기롭고 참한 어른이라면
어질고 착한 어버이라면
노래하고 웃는 어린이라면
무럭무럭 크는 아기라면

그리운 누구이기도
반가운 그분이기도
고마운 숨결이기도
참사랑 바람이기도

우 리   191

수수께끼 157

멀리서만 찾더라
늘 여기에 있는데
딴곳에서만 보더라
바로 이곳에 사는데

상냥하게 웃어 주겠니
그만 미워하겠니
따스하게 안아 주겠니
이제 싫은 티 그치겠니

아직 모르나 보던데 바람이야
여태 잊었나 보던데 눈물이야
군더더기 안 붙여도 돼
껍데기 안 씌워도 돼

있는 그대로 사랑이야
고이 바라보아 주렴
사는 그대로 기쁨이야
새로 걷는 꿈을 지으렴

아 홉 .

수수께끼 158

나한테 찾아오지
내가 아주 반겨
마치 나를 보는 듯해
나랑 같이 가겠니?

맴도는 모습에 나도 힘들어
겉도는 몸짓에 나도 지쳐
떠도는 마음에 나도 흔들려
에도는 말에 나도 헷갈려

처음에는 하나였어
끝에 가도 하나야
갈라섰어도 떨어지지 않아
멀어질수록 오히려 붙지

슬슬 돌아오렴
내 곁에서 노래하렴
살랑살랑 들고나자
나하고 놀자

수수께끼 159

다 아는 사람은 아니네
기꺼이 새로 배우는 사람이지
먼저 나설 줄 알고
의젓하면서 상냥한 마음이야

하루하루 지어서 겪는 동안
새삼스레 느끼고 익힌 사랑을
참으로 부드럽고 환히 엮어
도란도란 이야기꽃으로 들려주네

맨손으로 짓는 길을 보여준다
빈몸으로 이루는 삶을 알려준다
누구나 다르면서 같은 줄 알고
저마다 고우면서 밝은 빛을 봐

함께 가꾼 모두 물려주고
새로 피는 꽃을 반겨
바람결 흙내 풀숨을 읽고
나무숲 철노래 오늘을 잇지

아 홉 .

수수께끼 160

놀이에 빠지면 하루를 잊어
놀이가 좋아 배고픈 줄 잊어
놀이를 새로지어 신나게 웃어
무엇이든 놀이로 바꿔내지

넓은 마음 깊은 생각이 모였고
고운 숨결 참한 목숨이 담겼고
맑은 눈길 밝은 손길로 이루고
착한 걸음 당찬 몸짓이 어여뻐

나무에 오르기 좋은 몸
구름이랑 무지개를 탈 만한 몸
바다를 걷다가 깊이 드나들 몸
개미 등에도 제비 등에도 타는 몸

풀잎 꽃잎 나뭇잎은 말동무
풀벌레 꽃나비 나무님은 길동무
별님 해님 비님은 놀이동무
하늘빛한테서 배워 어버이한테 알려줘

수수께끼 161

다르다 생각해도 다를 수 없어
남남이라 여겨도 남남 아니지
따로 가르려 해도 안 갈리고
똑 자르려 해도 잘리지 않아

네가 느끼듯 나도 느껴
네가 알듯이 나도 알아
네가 기쁘면 나도 신나
네가 골내면 나도 싫어

길바닥 돌도 언제나 너
하늘빛 구름도 노상 너
풀밭 꽃송이도 같은 너
냇물 송사리도 늘늘 너

울타리에 갇히지 않아
우러러보이지 않지
울 너머로 함께 있고
새 웃음으로 같이해

아 홉 .

수수께끼 162

그저 있는
수수하게 있는
꾸미지도 높이지도 낮추지도 않는
그대로 있는

이쪽에 있구나
저쪽에도 있네
그쪽에도 있고
어디에나 있어

누구라도 같은 자리로 있어
무엇으로 가를 마음이 없어
있는 모습을 고요히 바라보고
있는 숨결을 가만히 헤아리지

사내일 수도 가시내일 수도
아니 어떤 몸이어도 좋아
어른일 수도 어린이일 수도
아냐 어느 나이라도 좋지

우 리

수수께끼 163

이렇게 가깝구나
이처럼 살가운걸
이다지 이어지고
이곳에 함께하지

두더지 고슴도치 너구리
오소리 뱀 두꺼비 여우
고래 가자미 넙치
살살이꽃 질경이 동백나무

어디에나 있어
멀리 있기도 하지만
늘 상냥한 기운 흐르고
마음으로 아끼는 사이

반갑게 찾아오고
즐겁게 찾아가서
수다잔치 신나게
집집이 모여 마을

아홉 .

수수께끼 164

한 가지만 하면 힘이 들어
한 갈래만 잘하니 쑥 빠져
하나하나 늘려 이것저것 하자
하나씩 생각해 여러모로 펴자

어려우면 손을 내밀어 봐
느긋하면 손을 잡아 주렴
벅차기에 손길 바랄 만해
가벼우니 손길 나누는 너

혼자 웃으며 좋아하기보다
홀로 울면서 슬퍼하기보다
끼리끼리 갖는 시시덕보다
오순도순 도란도란 어떨까

우리가 우리인 까닭
서로서로 돕는 보람
모두 다르면서 하나
하늘처럼 해님 같은

우 리

풀이 + 이야기

하나. 푸르다

돌 · 줄기 · 별 · 비 · 풀 · 구름 · 나무 · 모래 · 이슬 · 꽃 · 내 · 씨앗 · 빛 · 물 · 바다 · 들 · 불 · 바람 · 샘 · 돌개바람 · 섬 · 벼락 · 쏠 · 숲 · 해

둘. 집

접시 · 조각 · 밥 · 칸 · 낫 · 촛불 · 옷 · 주머니 · 천 · 집 · 거울 · 설거지 · 못 · 수저 · 이불 · 자전거

셋. 몸

팔 · 배 · 귀 · 똥 · 혀 · 그림자 · 몸 · 입 · 눈 · 털 · 손가락 · 콧물 · 머리 · 살갗 · 턱 · 발 · 숨결

넷. 느끼다

반갑다 · 싫다 · 사랑 · 마음 · 맑다 · 아름답다 · 작다 · 크다 · 아쉽다 · 라 · 짜증 · 멋 · 밝다 · 서운하다 · 후련하다 · 신바람 · 톡톡 · 착하다

다섯. 생각

그림 · 말 · 티 · 수수께끼 · 사투리 · 이야기 · 책 · 소리 · 한글 · 사전 · 끝 · 꿈 · 길 · 샛녘 · 하늬녘 · 마녘 · 높녘

여섯. 삶터

연필 · 마을 · 빛 · 사진 · 학교 · 이레 · 틈 · 돈 · 둘 · 가시밭길 · 박물관 · 싸움 · 터 · 도서관 · 오늘 · 붓

일곱. 이웃

딸기 · 쥐 · 새 · 도토리 · 쌀 · 뽕나무 · 모기 · 귤 · 파리 · 두더지 · 나비 · 풀벌레 · 참새 · 돼지 · 매미 · 늑대 · 고래

여덟. 놀다

미끄럼틀 · 알다 · 바짝 · 곧 · 힘들다 · 가다 · 심다 · 펴다 · 디디다 · 낫다 · 모르다 · 막 · 맺다 · 우물쭈물 · 휘파람 · 먹다 · 끄다 · 참다 · 놀이 · 콧노래 · 쓰다

아홉. 우리

어머니 · 아버지 · 스스로 · 동무 · 사람 · 딸 · 아들 · 님 · 나 · 너 · 어른 · 어린이 · 우리 · 이 · 이웃 · 함께

하나. 푸르다 001~025

001. 돌

뭉쳐서 굳으면 제법 셉니다. 모래알이나 진흙일 적에는 쉬 흩어지지만 덩이를 이루면서 굳으면 흩어지거나 깨지지 않 곤 해요. 이런 단단한 덩이를 '돌'이라 하고, 꽤 크면 '바위' 라 합니다. 아기가 자라 열두 달이 지나면 '돌'이라 해요. 몸 이 튼튼해진다는 뜻이랍니다. 때로는 딱딱하지만 때로는 더 없이 부드러우면서 센 '돌'이에요.

002. 줄기

우리가 쓰는 말은 숲에서 비롯했습니다. 왜 그러할까요? 모 든 숨결이 숲에서 태어났거든요. 예부터 집이며 옷이며 밥 이며 모조리 숲에서 얻었어요. 깊은 생각이든 새로운 살림 이건 모두 '숲에서 흐르는 줄기'를 바탕으로 삼아서 나타낸 답니다. 책을 읽으며 '줄거리'를 살피지요? 줄거리도 푸나무 에서 온 낱말이랍니다.

003. 별

우리가 사는 이곳은 지구라는 별이에요. 지구가 깃든 별자 리를 먼먼 다른 별누리에서 바라본 적 있나요? 우리 몸을 이룬 작은 조각(세포)으로 깊이 파고들면, 우리 몸에서도 별 이 흐르는 셈이에요. 멀리서도 비추고 속에서도 내뿜으면서 모두 반짝이는 눈빛이며 웃음빛인데, 우리 스스로 별이기에 빛나는 말을 하는구나 싶기도 해요.

004. 비(빗물)

비는 온누리를 촉촉히 적시면서 새로운 기운을 퍼뜨려요. 풀 꽃 나무는 비를 먹으면서 무럭무럭 커요. 어디에든 고르 게 뿌립니다. 지저분한 것을 말끔히 씻으니, 비가 지나간 하 늘이 눈부시게 파랗지요. 먼 옛날부터 어린이는 비오는 날을 새삼스레 반기며 놀았고, 어른은 고마운 비님이라며 비손(두 손을 비비면서 바라는 몸짓)을 드리곤 했어요.

005. 풀

풀이 잘 자라는 곳은 푸릅니다. '푸르다·풀빛'은 고스란히 '풀'에서 비롯한 말이에요. 우리가 사는 별도 바로 이 풀이 있기에 푸른 빛깔로 보인다지요. 풀이 잘 자라는 곳은 비가 많이 오거나 사람 발길이 잦아도 흙이 그대로 있지만, 풀이 없는 데는 비가 조금만 와도 흙이 쓸려 버려요. 수수한 들풀이 땅을 돌보고, 풀벌레 보금자리가 되며, 우리 숨결이 되어요.

006. 구름

빗물이기 앞서 바다였고, 바다이기 앞서 냇물이었고, 냇물이기 앞서 샘물이었고, 샘물이기 앞서 빗물이었고, 빗물이기 앞서 '구름'이었어요. 우리는 곳곳에 흐르는 물을 마시면서 '우리 몸이 된 빗물'을 마주하기도 하고 '우리 몸이 된 구름'을 느끼기도 해요. 우리 몸이 되어 준 구름을 헤아린다면 온 누리 나들이가 새로워요.

007. 나무

모든 책은 숲이랍니다. 모든 숲은 책이랍니다. 책은 숲을 이룬 멋진 나무가 새롭게 입은 몸이고, 우리는 알차고 알뜰한 책을 살뜰히 읽으면서 숲을 새롭게 사랑하고 가꾸는 길을 익히기도 해요. 우리 사는 이 별은 풀하고 나무가 그야말로 푸르디푸르기에 푸른별 이름이 붙어요. 자, 우리 곁에 어떤 나무가 자라는지 같이 둘러봐요.

008. 모래

모래밭을 걷거나 달리면 발이 폭폭 빠집니다. 부드러우면서 싸라라 노랫소리를 품은 모래일 텐데, 낮에도 속이 촉촉하

고 밤에도 속이 따뜻하니 참 재미있어요. 겉보기랑 아주 다
른 듯한데, 하나씩 들여다보면 갖은 빛깔이 어우러지면서도
샛노랗곤 합니다. 넓은 모래벌은 곳곳에 샘터(오아시스)를
품어 또 놀라워요.

009. 이슬

냇물이나 샘물이 없어도 목이 타지 않은 까닭은, 더구나 비
가 내리지 않아도 풀숲 · 나무숲이 짙푸른 까닭은, 게다가
풀벌레 · 숲짐승이 목을 축이는 까닭은 바로 '이슬'이 맺혀
서라지요. 저마다 새벽에 이슬을 핥으며 몸을 살리는 물빛
을 얻는대요. 기쁘거나 슬프기에 눈가에 맺는 눈물은 우리
마음을 차분히 씻어서 달래는 이슬이에요.

010. 꽃

모든 사람은 꽃이라고 생각해요. 모든 사람은 다 다르게 생
기고 살아가기에 아름다운 꽃이라고 생각해요. 둘레를 봐요.
똑같은 사람이 없어요. 몸도 키도 생각도 다르고, 마음도 꿈
도 사랑도 다르지요. 이름은 같다지만, 꽃밭에 핀 꽃도 저마
다 다르지요. 다 다르기에 더 곱게 어우러져서 빛나는 꽃인
너랑 나요 우리예요.

011. 내(냇물)

졸졸 흐르는 물줄기인 '내'인데요, 우리가 하는 말씨 가운데
'나'를 가리키는 '내'가 있어요. "내가 할게"나 "내 이름이
야"처럼 쓰는 '내'하고 같은 글씨인 물줄기 '내'인데요, 냇물
은 어떤 소리를 어떤 노래로 바꾸면서, 또 어떤 모습을 어떤
빛깔로 뽐내면서 온누리를 시원시원 적시려나요. 냇가로 냇
마실을 떠나 봐요.

012. 씨앗(씨)

'큰' 씨앗이 없는 줄 아세요? 모든 씨앗은 하나같이 '작은'

숨결이요 크기랍니다. 이 작은 씨앗은 새가 냠냠 삼켜서 멀리 보내고, 개미가 물어 날라 곳곳에 묻어요. 때로는 다람쥐랑 곰이 숲 여기저기 묻는답니다. 우리 손을 타고 흙에 안기는 씨앗은 우리가 지켜보는 눈빛에 햇빛에 별빛을 머금으며 자라요. 모든 목숨은 참으로 작은 씨앗 한 톨에서 비롯합니다.

013. 빛

눈을 뜨면 무지갯빛을 본다지요. 눈을 감으면 어떤 빛을 볼까요? '감은' 눈이기에 '검은' 빛을 보기도 하고, 뜻밖에 '밝은 어둠'을 만나기도 해요. 빛이 지나가는 자리는 밝아질 텐데, 한곳이 빛나기에 다른 곳은 더 어두워 보이기도 해요. 목숨 있는 곳은 저마다 다르게 빛나요. 목숨 떠난 곳은 빛도 가만히 떠나는데, 밤에 고요히 자면서 우리 몸은 다시 튼튼히 새롭게 기운나는 빛이랍니다.

014. 물

곰곰이 생각해 보면, 밥도 '물'로 이루고, 고기도 '물'로 이뤄요. 과자라면 바삭한 만큼 물이 없으리라 여길 만하지만, 참말로 물 기운이 없으면 그냥 먼지처럼 부스러집니다. 모든 것은 물로 이루었구나 싶어요. 풀하고 나무도 그렇고, 돌이나 바위도 물을 품었지 싶어요. 우리는 물을 맞아들여서 환하게 빛나는 목숨 같아요.

015. 바다

지구라는 별에도 바다는 참으로 넓은 자리를 차지하면서 우리를 보듬어 주지 싶어요. 바다가 있기에 모든 숨결이 자라고, 바다가 품기에 모든 앙금이 사라지며, 바다가 아지랑이 되어 하늘로 올라 구름이 되어 비를 뿌리기에 온 땅이 촉촉하면서 싱그럽구나 싶어요. 너울벼락을 뿌릴 때도 있지만 살뜰히 소금을 베풀기도 하는 바다예요.

016. 들

한 가지를 넓게 심어 '들판'이에요. 한 가지가 넓게 자라도 '들판'이고요. 벼를 심은 곳은 '논'이라고도 하지만, '들'이라고도 해요. 넓고 넓어 '들판'이요 '들녘'이랍니다. 이와 달리 숲은 온갖 숨결이 사뭇 다르게 어우러지며 풀빛이 무지개 같아요.

017. 불

익혀서 먹는다고 할 적에는 불기운을 쓴다는 뜻이에요. 그런데 햇볕도 불기운이에요. 풀이 자라고 나무가 크며 우리 몸이 알맞게 구릿빛 되어 튼튼한 바탕은 바로 햇볕이란 불기운을 먹기 때문이랍니다. 다만 불이 너무 가깝거나 크면 홀랑 태워요. 미움이란 불이면 무서운데, 사랑이란 불이면 더없이 포근합니다.

018. 바람

하늘을 나는 새는 날갯짓만으로는 하늘에 있지 못해요. 바람을 탈 적에 비로소 하늘에 오래오래 있는답니다. 우리가 하늘을 날려면, 또는 하늘을 나는 마음이 되려면 새한테서 배울 노릇이지 싶어요. 몸에서 힘을 빼고 마음을 가볍게, 넉넉하게 마주하고 생각을 짓는 숨결이 되어 가만히 팔을 펼쳐 봅니다.

019. 샘 (샘물)

'샘'이 마르면 마을이 무너진다고 했어요. 샘이 솟기에 마을을 이루면서 서로 돕고 아끼는 길을 살폈대요. 넘치는 물줄기는 아니어도 다같이 알뜰히 누리는 고마운 '숨'이 되는 '샘'이었다지요. 한여름에는 더 시원하고 한겨울에는 더 포근한 샘물은 깊은 숲부터 빼곡한 도시까지 물길을 이으면서, 모두한테 반가운 빛줄기가 되는 물줄기라고 합니다.

020. 돌개바람(회오리바람)

요새는 '태풍'이란 한자말 이름에 '물폭탄'을 몰고 온다 하지만, 예부터 '돌개바람·회오리바람'에 '된바람·큰바람'이라 했어요. 마치 함박눈처럼 비를 뿌리니 '함박비'를 뿌린다 할 텐데, 참말로 '함박바람'이라 할 만하겠지요. 이 바람이 지나간 하늘은 티없이 새파랗답니다.

021. 섬

둘레가 물로 둘러싼 땅뙈기를 '섬'이라 하는데, 곰곰이 보면 커다란 뭍도 너른 바다가 빙 두른 모습이랍니다. 그러니까 물로 둘러싸되 그리 크지 않은 땅이 섬일 텐데, 가만 보면 좀 조용하거나 호젓하거나 차분히 있고 싶은 땅덩이가 섬일 수 있어요. 이 섬에 찾아가는 사람·새·짐승·나비·물닭 모두 홀가분하며 조용한 삶길을 바랄 수 있고요.

022. 벼락

빛이 반짝 보이는가 싶더니 엄청나게 빠르게 내리꽂아 나무를 두 동강 내기도 하는 '벼락'이에요. 몹시 빠른 모습을 나타내고, 갑자기 생기는 일을 가리켜요. 감벼락 불벼락 날벼락 된벼락에, 일벼락 돈벼락 사랑벼락 꿈벼락이 있고, 물벼락 꽃벼락 글벼락 생각벼락이 있답니다. 아주 빠르게 어느 때·모습을 잡아채어 우리 눈이나 마음에 담아내는 빛살이지요.

023. 쏠(폭포)

여느 냇마을에는 없는 '쏠(폭포)'입니다. 굽이굽이 돌다가 뚝 끊어진 듯한 벼랑이 선 곳에 있는 '쏠'이에요. 시원하게 우렁차게 기운차게 쏟아지는 '쏠물'은 마치 노래처럼 숲을 쩌렁쩌렁 울려요. 풀잎 나뭇잎 송사리 버들치도 신나는 놀이를 하려고 일부러 이 물살을 탈는지 몰라요.

024. 숲

오늘 우리는 서울이나 가마뫼(부산)나 빛고을(광주)처럼 커다란 고장이 예전에 숲일 뿐 아니라 아름드리 멧골인 줄 떠올리기 어려울 수 있습니다. 자동차도 아파트도 찻길도 있지 않던, 들짐승하고 새하고 어우러지던 푸근한 숲을 좀처럼 못 그리겠지요. 몸을 살리는 밥이나 집은 바로 숲에서 비롯해요. 책도 늘 숲에서 와요.

025. 해

해는 늘 같은 빛일 테지만, 우리는 새벽 아침 낮 저녁 밤에 따라서 다르게 느껴요. 그래도 한겨레 옛사람은 해를 '하얗다'를 바탕으로 여긴 듯해요. '해'라는 이름도 '하양'이 바탕이거든요. 또 '하늘'하고도 맞물려요. '해맑다 · 해밝다' 같은 낱말이 가지를 쳤고, 이 해는 빛(햇빛 · 빛깔)하고 볕(햇볕 · 따스함)하고 살(햇살 · 눈부심)을 함께 품어요.

둘. 집 026~041

026. 접시

'접시'에 먹을거리를 담아서 나르거나 내놓곤 합니다. 그냥 먹기보다 접시에 받쳐서 먹으면 한결 느긋하면서 참하지요. 그런데 접시에 다른 것도 담으면 어떨까요? 우리 웃음을, 빛을, 마음을, 이야기를, 풀벌레 노랫가락을 살며시 접시에 담아서 나눌 수 있을까요? 빈 접시가 아닌, 아름다운 마음을 담은 접시가 여기에 있어요.

027. 조각

덩이 하나를 가르니 두 '조각'이 될 텐데, 두 조각은 네 조각으로, 또 여덟 조각으로 가를 수 있어요. 그런데 크기가 아무리 작아도 이름은 '조각'이에요. 능금이나 배 한 조각이 손에 있다면 동무한테 똑 갈라서 새삼스레 두 조각으로 함께 즐길 수 있을까요? 동무가 더 있으면 또 똑똑 갈라서 새롭게 넉 조각이나 여섯 조각으로 같이 즐길 수 있어요.

028. 밥

'밥'을 먹어요. 몸을 살리려고 먹는달 수 있지만, 몸을 새롭게 움직이는 기운을 느끼려고 밥을 먹는구나 싶어요. 누구는 많이 먹고 싶을 테고, 누구는 조금 먹어도 넉넉해요. 우리는 밥이란 모습으로 몸에 무엇을 넣기에 '밥이 된 숨결' 하고 하나가 되면서 한결 튼튼하거나 아름다우리라 느껴요. 눈빛으로도 먹고, 마음빛으로도 먹지요.

029. 칸

우리 옛집은 '초가삼간'이란 한자말로 나타내기도 하는데, '풀로 이은 석 칸 집'이란 뜻이에요. '칸'이란 '방'을 나타내지요. 기차에 손님칸이 있고, 짐을 싣는 짐칸이 있어요. 깍두기공책도 칸을 나누어요. 채우려고 비운 칸이요, 지내려고 마련한 칸입니다. 칸 하나에는 저마다 오롯이 들어가면서 넉넉히 누립니다.

030. 낫

옛말 가운데 "낫 놓고 기역 글씨 모른다"가 있습니다만, 예부터 낫은 글씨 익히는 자리가 아닌, 풀줄기나 풀포기를 벨 적에 써요. 우리가 옛말을 제대로 쓴다면 "낫 쥐고 풀 벨 줄 모른다"라 해야 어울리지 싶어요. 참 그렇거든요. 이 낫은 억지나 힘으로는 휘두르기 어려워요. 매우 부드럽고 가볍게 쥐고서 슥슥 삭삭 긋기만 한답니다.

031. 초(촛불)

오늘날에는 손쉽게 전깃불을 켜지만, 고작 백 해쯤 앞서까지 '등잔불'을 밝혔어요. 그리고 '촛불'을 켰어요. 등잔에 얹

은 불이나 초에 당긴 불은 요새 전깃불에 대면 어두울는지
몰라도 집안을 그윽하게 밝히면서 아늑한 기운을 퍼뜨렸다
지요. 촛불을 가만히 보면 빛무지개가 어리기도 하면서 깊
이 생각에 잠길 수 있기도 해요.

032. 옷

실로 천을 짜고, 이 천을 마름하고 기워서 옷을 짓습니다.
이 옷은 퍽 얇지만 더위도 추위도 가리고, 우리 살갗을 돌보
는 몫을 해요. 그런데 더 들여다보면, 우리 마음이나 넋이나
얼은 우리 '몸이라는 옷'을 입고서 든든하거나 튼튼하게 오
늘을 살아가는구나 싶어요.

033. 주머니

바지나 치마에 주머니가 있으면 어쩐지 손을 넣고 싶어요.
주머니 없는 동무가 있으면 내 옷주머니에 손을 같이 넣고
잡아 볼까요? 작은 장난감이나 연필도 넣는 주머니이고, 나
중에 뭘 담으려고 가볍게 비운 채 다니기도 해요. 아끼는 조
약돌을 주머니에 넣어 늘 만지작거리면서 심심하지 않아요.

034. 천

요즈음은 석유라는 기름에서 뽑은 플라스틱으로 실을 엮어
값싼 옷을 얻기도 합니다. 그러나 먼 옛날부터 천이란 옷감
은 해랑 비랑 바람을 머금고 흙에 뿌리를 내린 풀한테서 얻
었답니다. 숲에서 온 천으로 지은 옷은 해지거나 낡으면 다
시 흙으로 돌아가지요. 가로세로 실을 엮은 천 하나를 마름
하며 알뜰한 살림이 태어납니다.

035. 집

느긋하거나 아늑하거나 넉넉하게 누리고 싶어서 마련하는
자리가 집이에요. 마음을 놓고 쉬거나 놀거나 일하면서 새
롭게 기운을 얻는 곳이 집입니다. 즐겁게 하루를 열고 기쁘

게 하루를 마무리하면서 푸르게 꿈꾸는 데가 집이지요. 이런 집이기에 어떤 것을 넣으면서도 '안경집'처럼 쓰고, 무엇을 사고파는 가게도 '떡집'처럼 써요.

036. 거울

얼굴이나 몸매나 차림새를 살피려고, 길에서는 뒤쪽 옆쪽 살펴보려고 거울을 쓰곤 해요. 으레 겉모습이나 겉흐름을 거울로 느낀다지만, 겉에 입은 몸에 흐르는 기운이나 숨결이 환히 드러나기에 거울을 비춰요. 서로 눈을 밝혀 보셔요.

037. 설거지

설거지는 즐거운가요? 행주로 밥상을 스스럼없이 닦나요? 먹고 나서 이는 신나게 닦나요? 설거지를 마친 그릇이며 수저를 살강에 얹고서 물을 빼면 깔끔하게 제자리에 놓는가요? 마음껏 뛰놀고서 느긋하게 쉬듯, 맛나게 먹고서 기쁘게 설거지를 합니다. 다음에 더 맛나게 먹으려고, 이다음에 새삼스레 즐거이 먹으려고 설거지를 해요.

038. 못

두 조각이 단단히 붙으라면서 박는 '못'이에요. '쐐기'는 이때에도 쓰고 무엇을 빼려고 박는 구실도 하지요. "가슴에 못(대못)을 박는다"는 마음이 아프게 한다는 뜻이에요. 더 달리 말하지 않도록 단단히 '못박는다'고도 하지요. 소리는 같으나 쓰임새가 다른 '못(못물)'은 물을 넉넉히 쓰려고 파는 곳이거나, 파여서 물이 고인 곳이에요.

039. 수저

'숟가락 + 젓가락'을 '수저'로 단출히 가리켜요. 술술 뜨는 가락이요, 젓거나 집는 가락입니다. '손가락'에도 붙는 '가락'은 가늘면서 긴 것을 나타내려고 써요. 숟가락을 쓰니 뜨거운 국물을 조금씩 누려요. 젓가락을 쓰니 손을 깨끗이 건사합니다. "밥 한 술(숟가락) 나누는" 마음은 이웃사랑이요 함께살기예요.

040. 이불

한데에서 묵을 적에 한여름에는 구름을 '이불'로 삼을 수 있어요. 여럿이 한 이불을 나눠 덮으며 발가락 장난을 치거나 밤새 수다로 떠들기도 해요. 풀숲이며 나무숲에서는 잎사귀가 풀벌레 이불이 되겠지요. 포근히 감싸 주고 넉넉히 품어 주는 이불 같은 마음을 나눕니다.

041. 자전거

흔히 타는 자전거라면 두 바퀴이고 혼자 밟으며 서서 달려요. 그런데 둘이나 셋이 타는 자전거가 있고, 누워 타는 자전거나 여러 바퀴 자전거가 있어요. 우리 스스로 두 다리 두 팔 온몸을 써서 이 땅을 달리는 자전거예요. 들 숲 바다 멧자락 모두 반기는 달림이랍니다.

셋. 몸 042~059

042. 팔

팔을 넉넉히 벌려서 서로 안으면 따뜻합니다. 팔을 크게 벌려서 안는 아름드리 나무는 말 그대로 아름다운 숨결을 베풀어 줍니다. 팔을 훨훨 휘둘러 활갯짓하듯 날아 볼까요? 새한테 있는 날개는 사람한테 있는 팔하고 닮아요. 우리 팔을 날개 삼아서 가볍고 신나게 뛰어놀기도 하고, 심부름도 하고, 꿈도 지어요.

043. 배

소리는 같은데 뜻이며 쓰임새가 참 다른 '배'가 있어요. 왜 옛날부터 다 다른 세 가지에 다 같은 소리인 '배'라는 이름을 붙였을까요? 참으로 알쏭달쏭합니다. 그렇지만 껍질이 우리 살빛을 닮았으면서 속이 단 열매인 배요, 여럿을 태우고 물살을 가르는 탈거리인데 어머니 품처럼 포근한 배일는지 몰라요. 든든하고 포근하며 한복판을 이루어요.

044. 귀

우리 몸에서 귀는 소리만 받아들이지 않는답니다. '앞뒤왼오른'으로 알맞게 움직이도록 몸을 어우르는 몫을 해요. 귀로 흘러들다가 나가는 바람을 바로바로 느끼면서 몸을 세워주고 나아가거나 멈추게 할 테지요. 귀를 열며 몸이 열리고, 귀를 닫으며 몸이 닫혀요.

045. 똥

먹는 대로 똥으로 나와요. 똥을 보면 무엇을 먹었는지 어림할 수 있어요. 자, 그렇다면 우리는 무엇을 먹고 어떤 똥을 눌 적에 튼튼한 몸이 되고, 아름다운 마을이랑 숲을 지킬 만할까요? 즐겁게 먹는 밥이 있기에, 흙이며 들을 새로 가꾸는 밑힘이 되는 똥이 생겨요. 즐겁게 똥을 누도록 즐겁게 밥을 지어서 누려요.

046. 혀

흔히 "세 치 혀"라고 말해요. 매우 짧지만 이 "세 치 혀"를 놀려서 말을 지으면, 이 말로 새롭게 생각을 펼쳐서 이야기가 무럭무럭 자란답니다. 혀를 즐겁게 놀리면 이야기꽃이자 이야기판이자 이야기마당이자 이야기잔치랍니다. 혀를 못되게 놀리면 미움이나 시샘이나 따돌림이 불거져요. 우리는 이 혀로 무엇을 맛보고 어떤 말을 짓는가요?

047. 그림자

모든 곳에 있고 모든 것에 나타나는 그림자예요. 살아서 움직이는 이 별에서 어디에서나 찾아본답니다. 그림으로 드러나는 자국이나 자취이지만, 건드릴 수 없지요. 빛이 있기에 늘 생기면서, 빛이 셀수록 짙답니다. 빛이 여러 곳에서 퍼지면 그림자도 여럿이에요. 그림자를 보며 하루가 흐르는 때를 읽으니 '해바늘(해시계)'을 척 꽂아놓기도 했답니다.

048. 몸(몸뚱이)

풀벌레는 허물벗이를 하는 동안 아픈 곳을 말끔히 씻어낸다고 합니다. 사람은 어떤 몸일까요? 며칠 끙끙 앓고 나면 어쩐지 가벼우면서 예전보다 튼튼하구나 싶은 몸을 느낀 적 있을까요? 햇볕을 쬐면 따스하면서 좋다는 몸을, 싱그러운 숲바람을 쐬면 온몸이 깨어난다고 느낀 적 있나요? 우리 몸은 우리 넋이 입은 옷이면서, 이 땅에서 이것저것 새로 짓도록 다루는 연장일는지 몰라요.

049. 입

우리 입은 참 여러 일을 하는구나 싶어요. 배고파서 먹을 적에 쓰기도 하지만, 두런두런 이야기를 할 적에도 쓰고, 노래를 부를 적에도 쓰지요. 비오는 날에는 입을 크게 벌리고 빗물먹기 놀이를 할 수 있어요. 입술을 살짝 오므려 쪽 소리가 나도록 뽀뽀를 하면 어떤가요? 입을 맞추니 두근거려요. 입을 맞추어 어떤 일을 꾀해요.

050. 눈

우리한테는 어떤 눈이 있을까요. 앞을 보면서 여러 모습을 알아차리는 '눈'이 있다면, 온누리를 소복소복 덮으며 잠재우는 '눈'이 있고, 푸나무가 해마다 새롭게 피어나도록 이끄는 조그마한 '눈'이 있어요. 몸에도 눈이 있고, 마음에도 눈이 있어요. 싹눈이며 씨눈이 있고, 함박눈이며 흰눈이 있답니다.

051. 털

우리 몸에는 '털'이 있어요. 짐승한테도 털이 있고요. 개미한테도 털이 있는데 알아본 어린이가 있을까요? 털이 있어서 매우 부드럽게 살갗을 보듬어 준답니다. 그리고 뭔가 느낄 적에 머리털뿐 아니라 팔뚝이나 다리에 있는 털이 쭈뼛쭈뼛 서기도 해요. 마치 더듬이처럼 말예요. 털은 어쩌면 '주파수 잡는 안테나' 노릇도 하는가 봐요.

052. 손가락

손가락은 왜 있을까요? 이 손가락으로 무엇을 할까요? 손가락이 있으면 무엇을 누리면서 신이 날까요? 가늘면서 길어 '가락'이요, 손에 알맞게 펼쳐서 마치 나뭇잎 같아요. 비도 바람도 볕도 받는 잎사귀를 닮았어요. 사람한테는 손가락이요, 나무한테는 잎사귀이지 싶어요.

053. 콧물

눈에서 나오는 눈물은 눈을 지켜요. 코에서 나오는 콧물도 코를 지키지요. 코가 튼튼하도록, 또 코에 나쁜 것이 쌓이지 않도록, 또 우리 몸을 더 곱게 돌보라는 뜻을 알리면서 지킨답니다. 바람결이 어떠한가를 바로바로 느껴서 알리는 코예요. '콧물'이 나올 적에는 우리가 스스로 몸을 어느 만큼 살피면서 아껴야 하는가를 헤아립니다.

054. 머리

말할 적에 '말머리'를 잘 열면서 이야기가 술술 흘러요. 일하면서 '일머리'를 잘 여미어야 차근차근 해내요. 우리 몸을 움직이면서 보고 듣고 느끼는 모두를 '머리'에 담아 새롭게 '생각'을 지펴서 퍼뜨립니다. 우리 마음에 씨앗으로 자랄 말을 생각으로 담는 곳이지요. 이 머리를 사랑스레 쓰니 슬기롭지요. 이 머리를 바보스레 쓰니 엉성해요.

055. 살갗(살)

우리 '살갗'뿐 아니라 짐승도 살갗은 어느 곳이든 부드럽게 이어집니다. 마치 끝없는 들판 같습니다. 살갗으로 해·바람·비를 누리면 튼튼해요. 까무잡잡한 살빛은 기름진 흙빛처럼 싱그럽게 살아숨쉬지요. 이 살갗을 가만히 쓰다듬으며 사랑이란 기운이 퍼집니다. 모든 숨결이 입는 옷이요, 풀이랑 나무도 반짝반짝 입어요.

056. 턱

우리는 입으로 말한다고 여기지만, 막상 턱이 빠지거나 이가 빠져도 말소리가 안 나와요. 혀가 없어도 말을 못 하지요. 몸 어느 곳을 보아도 모두 알뜰해요. 턱은 소리가 입으로 지나가도록 받치는 자리일 테고, 이 결처럼 문턱이 있어요. 턱이 높으니 벅차지만, 턱이 얕으니 누구나 드나들어요. 상냥한 턱짓도 무서운 턱짓도 있지요.

057. 등

어머니 등판은 어떤가요? 아버지 등줄기는 어떻지요? 등에 지기에 등짐입니다. 고래등처럼 큼직한 집이고 새우등처럼 작은 몸짓이에요. 등떠밀려 나서야 하지만 씩씩하면 좋아요. 등돌리거나 등지면 멀어지는 사이가 되는데 서로 손등에 손바닥 얹으며 마음을 나누기도 합니다. 얹는 자리요, 막아 주는 곳이며, 든든한 몸통이에요.

058. 발

우리 발은 아무 곳이나 안 디디고 안 밟아요. 다칠 만한 데나 미끄러질 만하다면 발이 벌써 알고서 살살 움직인답니다. 발로 돌아다니기에 훨씬 길고 넓게 읽고 느껴요. '발품'을 판다고 하지요. 이 발에는 발자국·발자취·발걸음이 잇따르고, 새롭게 뻗으려고 '발판'을 딛고서 껑충 뛰어올라요.

059. 숨결

살아서 여기에 있으면 모두 흐르는 '숨결'입니다. 사람, 풀, 돌, 벌레, 새, 짐승, 고래, 냇물, 이슬, 구름 어디나 숨결이 서려요. 이 숨결은 저마다 다르면서 새로운 빛이랍니다. 머금으며 거듭나고, 맞아들이며 기운이 오르며, 나누면서 사랑으로 피어나 온누리를 밝히지요.

넷. 느끼다 060~077

060. 반갑다

신나게 같이 노는 동무를 기다리며 설레는 이 마음은 반가움이에요. 그릴수록 둥실둥실 떠오르며 바랄수록 웃음이 새로운 이 느낌은 언제나 반가움이지요. 보고 싶다고 생각하니 눈앞에 있고, 하고 싶다고 꿈꾸니 오늘 할 수 있는 이 하루는 참으로 반가움입니다.

061. 싫다

이쪽은 좋고 저쪽은 나쁘다고 가리니, 자꾸 멀리하고 싶은 길이 나오면서, 안 하고 눈을 감고 등을 돌리면서, 어느덧 마음이 새까맣게 차 버리면서 오늘 하루가 싹 사라져요. '싫다'를 품으면 이렇게 되어요. '해볼까'라든지 '궁금'이란 생각을 바라지 않는 바람에 '싫은' 느낌은 커지기만 하고, 어느덧 불처럼 타올라 짜증으로 간답니다. 자, 이런 몸짓이 싫으면 우리가 확 바꿔 볼까요?

062. 사랑

어린이가 어른한테서 배울 한 가지를 꼽고, 어린이가 어른한테 줄 한 가지를 든다면, 언제나 '사랑'이 첫째요 으뜸이지 싶습니다. 늘 가장 고운 숨결이면서 참되고 상냥하며 어질기까지 한 빛이 피어나는 사랑이로구나 싶습니다.

063. 마음

깊이를 알 수 없고 너비도 모르나 모든 생각이 나고 흐르고 샘솟으며 우리 삶을 이루는 바탕이라 할 마음이랍니다. 우리는 이 마음에 어떤 길을 놓으면서 하루를 새로운 기쁨이 되도록 가꾸어 볼까요?

064. 맑다

"물이 맑으면 고기가 못 산다"고도 하지만, "물이 맑기에 고기가 반긴다"고 해야지 싶어요. 물에서 사는 이웃은 티 많은 데에서도 몸을 맞추어 살 뿐이거든요. 생각해 봐요. 사람이 물을 더럽히기 앞서 온누리 어느 곳이든 다 맑은 물이요, 맑은 물고기였지요. 바다가 맑기에 뭇목숨이 헤엄쳐요. 하늘이 맑기에 온갖 새가 날아요. 숲이 맑기에 갖은 푸나무랑 짐승이 어우러져요. 마을도 맑아야 사람이 사람다워요.

065. 아름답다

한 아름 안아 본 적 있나요? 온몸을 시원하며 포근하게 펴서 스스럼없이 안는 이 '아름품'이란 참으로 아름다워요. 숲이란 아름드리인 나무가 가득하기에 짙푸르면서 아름답지요. 꾸미면 허울이지만, 가꾸면 아름다워요. 감추면 탈이고, 고스란히 드러내니 '고이(곱게)' 내가 되고, 바로 아름다움이랍니다. 꾸밈없고 숨김없는 빛이에요.

066. 작다

크기를 따지면서 어느 한쪽을 '작다'로 나타내요. 뭔가 모자라거나 낮다고 여기기도 하는데, '작다 = 모자라다/낮다'는 아니에요. 서로 크기·부피·모습·몸짓이 다르게 드러날 뿐입니다. 은하계보다 작은 사람, 사람보다 작은 세포, 세포보다 작은 원자 …… 이렇게 따지기도 하지만, 이 '작은' 숨결은 한결 넓게 퍼지면서 즐겁게 어울릴 수 있는 품일는지 모릅니다.

067. 크다(큼)

덩치가 '크다'고 해서 어른이라 하지 않아요. 덩치만 크면 철이 없다고 해요. 마음이 '크다'고 할 적에 비로소 어른이 된다고 해요. 마음이 크기에 사랑이 크고, 슬기롭거나 참한 빛도 커요. 스스로 크니 스스로 이웃한테 손을 내밀고, 스스로 크는 동안 저절로 노래를 부르고 춤을 추면서 오늘을 가꿉니다.

068. 아쉽다

"아, 참 아쉽다!" 하는 소리가 절로 터져나오기도 해요. 간발이 모자라서 놓치거나 잃거나 떨어지기도 해요. 그런데 이런 때일수록 이다음에 뜻밖에 참 멋진 일이 우리한테 찾아오기도 하더군요. 같이 꿈꿔요. 새롭게.

069. 라

'라'라는 소리를 내 봐요. '라'에 'ㄹ'을 받침으로 넣어 '랄'이라는 소리를 내 봐요. '라'를 잇달아 '라라'나 '라라라'라 소리를 내 보고, '랄'하고 '라'를 더해서 '랄랄라'나 '라랄라' 하고 소리를 내 봐요. 무엇이 되나요? 이 소리를 입으로 내면서 어떤 마음이 되는가요?

070. 짜증

마음에 안 든다고 하면서 이맛살을 찡그리고 목소리는 날카롭고 머리에서 불꽃이 튀길 적이 있나요? 이때에는 옆에 있는 사람이 하나도 안 보이기 마련입니다. 짜증을 내는 사람 곁에 있는 사람은 숨을 죽이면서 슬금슬금 멀어지려 하지요. 품으면 품을수록 스스로 괴로운 길로 가는 짜증이에요. 찬찬히 식히고 삭히면서 씻어 봐요.

071. 멋(멋있다)

흉내로는 '손맛'을 못 내요. 우리가 스스로 사랑하면서 기쁘게 돌보고 가꾸는 손길이기에 '손맛'을 이루고, 이 손빛은 '손멋'이 된답니다. 멋있는 사람은 참 눈부셔요. 반짝반짝 빛나지요. 눈빛 몸빛 마음빛은 '가꿈새'랍니다. 남이 알아주는 멋이 아니라, 내가 스스로 멋을 찾고 펼쳐서 누구하고나 함께 누리지요.

072. 밝다

어느 때에 '밝네' 하고 느끼나요? 아침이 될 적에? 밤에 불을 켤 적에? 우리가 모르던 곳을 똑똑히 짚어서 잘 알도록 이끌 적에? 셈을 잘하거나 말을 술술 할 적에? 빛이 널리 퍼질 적에, 또 어둠을 가시게 할 만큼 피어날 적에 '밝다'고 합니다.

073. 서운하다

이 마음에 머물면 이 느낌이 고스란히 나아가고 말면서 헤어나지 못해요. 우리가 훌훌 털 적에 비로소 새꿈으로 피어나요. 어떡할까요? 마음도 몸도 가볍게 하면서 한 발짝을 새롭게 내딛을까요? 꿍한 마음을 그대로 두면서 쳇쳇거리는 몸짓으로 있을까요?

074. 후련하다

꺼내지 않으면 목에 걸리고, 마음에 얹히고, 몸이 굳어요. 가볍게 꺼내요. 서두르지 않아도 좋아요. 저 먼 구름을 바라보며 하늘숨을 가슴으로 품으면서 일어서요. 속이 확 뚫릴 수 있도록 기운내며 어깨도 두 손도 얼굴도 눈귀도 모두 펴요.

075. 신바람

"신난다" 할 적하고 "신바람난다" 할 적에 참 비슷하면서 달라요. 가벼우면서 무엇이든 받아들여서 웃음노래로 바꾸어내는 "신난다"인데, 여기에 바람을 잡아타고서 아무 무게가

없이 하늘을 훨훨 나는 티없고 기뻐서 춤추는 "신바람난다" 입니다.

076. 톡톡(톡)

빗물이 톡 건드릴 적에 문득 하늘을 봅니다. 어깨를 가볍게 치는 '톡'이요, 뭉친 몸을 가벼이 풀려는 '톡톡'이에요. 쏘아붙일 적에도 '톡톡'거려요. 떨어지지 말라며 톡톡 쳐서 누르고, 작은 씨앗이 톡톡 터지며 흩어져요. 마른잎도 톡 날리고요. 우리는 어떤 '톡'으로 만나거나 어울리나요?

077. 착하다

우리 어린이는 착한 마음이리라 생각해요. 그리고 우리 어른도 착한 눈짓에 몸짓에 손짓으로 어린이를 마주하리라 생각해요. 서로 아끼거나 돌볼 줄 아는 부드러운 마음이기에 '착하다'예요. 사근사근 속삭이고 "네가 먼저 하렴"이나 "너한테 모두 줄게"처럼 기꺼이 나눌 줄 아는 마음이라 '착하다'이지요. 착한 마음으로 숲을 어루만져요.

다섯. 생각 078~094

078. 그림

종이에 그림을 담기 앞서 누구나 흙바닥이나 모래밭에 나뭇가지로 그림을 빚었어요. 때로는 숯을 돌에 그어서 이루기도 하고요. 보기에 그리지만, 꿈꾸니까 그려요. 느껴서 그리고, 사랑을 바라는 뜻으로도 그립니다. 하늘에 대고 손가락으로 그려 볼까요? 동무랑 서로 손바닥에 손가락으로 즐거이 그림 그리는 놀이를 해보아요. 즐거워요. 바로 오늘 이곳에서.

079. 말

생각이나 마음이나 느낌을 나타내는 소리가 '말'이랍니다. 이야기로 이루고 싶어서 드러내는 '생각소리'가 말이지요. 입으로 터뜨리는 말은 우리 넋에서 피어나온 다음에 우리 몸으로 구석구석 스며들어서 앞으로 무엇을 하면 될까 하는 실마리가 되어요. 입으로도 말하지만, 손으로도, 눈으로도, 또 마음으로도 말해요. 요새는 글로도 말하고 책으로도 말하지요.

080. 티

흰종이에 붓으로 먹물을 톡 떨어뜨리면 아주 작은 방울이어도 곧 '티'가 나요. 아주아주 조그마한 무늬라 해도 참으로 '티'가 잘 나요. 무언가 드러내려고 하는 빛이나 모습이기에 '티'예요. 때로는 보기 안 좋을 수 있으나, 즐거운 보람으로 같이 나누려는 티가 될 수 있어요. 자질구레한 먼지인 티일까요, 웃는 티일까요.

081. 수수께끼

맞출 수 없도록 수수께끼를 내는 일이란 없어요. 맞추도록 내기에 수수께끼랍니다. 때로는 도무지 모르겠구나 싶다가도 길을 알면 이렇게도 쉬웠네 하고 깨달아요. 때로는 참 쉽구나 싶으나 고개를 넘을 적마다 아리송한 생각도 들어요. 우리 삶에 얽힌 길을 실타래처럼 엮어서 익히도록 하려고 생각을 말로 얽은 수수께끼예요.

082. 사투리

서울말은 '서울 사투리'요, 부산말은 '부산 고장말'입니다. 인천 미추홀구라면 '인천 미추홀구 고을말'이요, 전남 고흥군 도화면 동백마을에서는 그곳 '마을말'이랍니다. '사투리'를 새롭게 풀이할게요. "스스로 사랑하는 살림으로 살아가는 사이인 사람들이 서로 새롭게 손잡는 생각으로 스스럼없

이 슬기로이 상냥히 싱그러이 살뜰히 쓰는 숨결을 심은 씨
앗인 말"

083. 이야기

생각 · 마음 · 느낌을 터뜨리면 말이되, 이를 여럿이서 함께
하려 할 적에는 '이야기'예요. 한 사람이 떠들면 '이야기'하
고 멀어진 혼잣말(혼잣소리)이에요. 저마다 생각을 차근차
근 틔워서 서로 마음을 새롭게 일으키려 하기에 이야기랍니
다. 어우러지는 말잔치에, 아름다운 말꽃이며, 밝게 피어나
는 말빛에, 웃음노래 새로운 말밭이에요.

084. 책

아직 아무것도 쓰지 않으면 '빈책'이에요. 한자를 넣어 '공
책'이라고들 합니다. 빈 종이에 이야기를 글씨나 그림이나
사진으로 담으면, 이때부터 '빈 · 공'이란 말을 덜고서 '책'
이라 합니다. 책을 다루는 책집에 들어서면, 종이꾸러미에
담은 이야기를 읽느라 조용하기도 하고, 나무로 빚은 종이
로 엮은 책은 숲하고 같기에 숲바람이 불면서 포근하기도
합니다.

085. 소리

우리는 어떤 소리를 들을까요? 우리 곁에는 어떤 소리가 흐
를까요? 반가운 소리가 있을 테고, 싫거나 밉거나 거북하거
나 성가신 소리가 있을 테지요. 그렇다면 어느 때에 어떤 소
리가 우리한테 즐거운지, 또 어느 자리에서 어떤 소리가 우
리 마음을 살찌우는가를 헤아려 봐요. 시끌소리인지 노랫소
리인지, 생각소리나 사랑소리나 마음소리나 말소리 가운데
어느 길인지를 돌아봐요.

086. 한글

글이 없는 나라나 겨레는 있되, 말이 없는 나라나 겨레는 없

답니다. 예전에는 글이 없어도 말로 모든 삶·살림·사랑을 나누었어요. 오늘날에는 이 말을 그림으로 담아내는 글을 짓거나 엮고, 한국에서는 바로 '하나'이면서 '크'며 '하늘'이 라는 뜻을 담은 '한글'이란 이름을 씁니다.

087. 사전
궁금하거나 아리송한 대목을 풀고 싶어서 찾는 책이 사전이 에요. 이 사전은 낱말을 죽 모아서 찾아보기 좋도록 엮기에 '낱말책'이기도 하고, 이모저모 한꺼번에 담아서 알려주기에 '꾸러미'이기도 합니다. 우리 삶자리에서 지은 살림을 낱말 하나로 이름을 붙여서 이야기로 풀어내는 책이에요.

088. 끝
'끝'이 난다고 하면 이제 모두 사라지지 않아요. 여태 하거 나 잇던 이 하나를 새롭게 하거나 잇는 길목에 서는 셈입니 다. 여기에서 다 배웠다고 하는 '졸업'은 저기에서 즐겁게 새로 배우려는 이음길이자 디딤판이에요. 하나를 해냈으니 '끝'이 아닌, 하나를 해냈을 뿐이라, 다시 노래하며 새걸음 을 간답니다.

089. 꿈
꿈을 품기에 하루가 새롭습니다. 아침에 일어나며 꿈을 그 리지 않으면 어쩐지 기운이 빠져요. 하루를 돌아보는 저녁 에 몸을 가만히 내려놓고 마음에 꿈을 그리니, 밤을 지나고 새로 맞이하는 때에 다시 기운을 내어 일어섭니다. 힘들 때 면 꿈을 생각해 봐요. 더 힘을 내야겠으니 씩씩하게 꿈을 그 려 봐요.

090. 길
앞을 똑바로 보고 길을 걷기도 하지만, 즐거운 동무랑 이야 기꽃을 펴며 걸을 적에는 앞을 안 봐도 잘 갈 뿐 아니라, 아주 가볍고 빠르게 가요. 바람이 지나는 길이며 구름이 지나는 길이며 햇살이 비치는 길이 있어요. 마음이 가는 길이나 꿈이 흐르는 길이나 사랑이 샘솟는 길도 있습니다. 말길을 트고 글길을 열어요. 또 어떻게 서로 트면서 시원시원 오가면 좋을까요.

091. 샛녘(새·동녘·동쪽)

'샛바람'에서 '새'는 '동녘 · 동쪽'을 가리켜요. 처음 돋는다는 '샛별'은 금성을 가리키면서 처음 떠오르는 사람도 나타내지요. '새롭다'라는 말은 바로 이 '새 · 샛'에서 비롯했을 테지요. '새삼'스럽고 '생글'거리는 웃음짓이고 '생생'하고 '싱그'러운 모든 기운은 해님이 우리 곁에 처음 고개를 내밀 적 같은 숨결이에요.

092. 하늬녘(하늬·서녘·서쪽)

'하늬바람'에서 '하늬'는 '서녘 · 서쪽'을 가리켜요. '하 · 한'으로 여는 숱한 낱말은 '하늘'이나 '해'하고 맞물려요. 크기나 넓이나 빛깔이나 결이 닮는다지요. 지난날에는 비바람이 서녘으로 바뀌면 어느새 그친다고 했는데 요새는 꼭 그렇지 않은 듯해요. 한국에서 서쪽은 멧자락이 얕으면서 들이 넓고, 바다도 포근하게 갯벌을 넓게 품지요.

093. 마녘(마·남녘·남쪽)

'마파람'에서 '마'는 '남녘 · 남쪽'을 가리켜요. 남녘으로 바라보면 해가 가장 '많'이 비추고, 이쪽으로 해가 가장 많이 비추기에 가장 '맑'아요. 지구별에서 가장 남녘인 남극은 엄청나게 춥고 아무것도 못 살지만, 따뜻한 고장을 '마녘'으로 가리키고, 제비가 이쪽으로 돌아가지요.

094. 높녘(높·북녘·북쪽)

'높바람'에서 '높'은 '북녘 · 북쪽'을 가리켜요. 가장 위라고 할 북쪽이기에 '높'이란 이름을 썼을까요. '금'이라 일컫는 돌은 '노'랗게 빛나요. 가을들은 '누'렇게 빛나고, 이 빛깔은 아주 '넉넉'해서 다같이 나누는 한가을 · 한가위 잔치하고 맞물립니다.

여섯. 삶터 095~110

095. 연필

요새는 플라스틱으로 연필 몸을 삼기도 합니다만, 거의 모두 나무를 바탕으로 연필을 척척 찍는답니다. 까맣게 길게 든 속은 쓰는 만큼 줄어드는데, 이동안 우리가 글이며 이야기며 새로 펼치겠지요. 가만히 보면 나무 더하기 돌인 이 연필은, 우리더러 숲을 한결 깊고 넓게 보도록 이끌지 싶어요.

096. 마을

지구별을 놓고 '지구마을'이라고도 합니다. 땅이며 하늘에 금을 긋고 다투다가는 서로 고달프거나 가시밭이 되거든요. 아무 울타리 없이 손을 잡는 사이라면 아름다이 '한마을'이에요. 하나되는 마을, 함께 즐거운 마을, 한마음에 사랑을 심어 가꾸는 마을이에요.

097. 빚

오늘 여기에 없기에 미리 받아서 쓰고는 다음에 돌려주기로 하면 '빚'이라 해요. 뜻밖에 받은 고마운 것도 '빚'이라 하고요. 기쁘게 누리는 만큼 보람으로 한껏 펴서 넉넉히 돌려주려는 빚이요, 빌려주는 쪽에서도 기쁘고 서글서글한 마음으로 지켜보고 기다리며 새롭게 설레도록 하는 빛이에요. 곧 '빛'이 되려고 하는 조그만 손길인 '빚'이랍니다.

098. 사진

누구나 사진을 찍고 건사하고 나누는 나날입니다. 손전화만 있어도 사진을 찍어요. 그렇지만 사진이 무엇이고 사진찍기를 어떻게 해야 아름다운가는 아직 제대로 가르치지 못하고 배우지 않네 싶어요. 찍히고 싶지 않은 사람은 찍지 않도록 마음쓸 일이에요. 서로 즐거울 수 있는 길을 살피면서 알맞게 찍을 적에 삶을 빛내는 그림을 이룬답니다.

099. 학교(배움터·배움집)

'학교'란 이름은 한자말이에요. 이 한자 이름을 풀면 "배우는 집"이나 "배우는 터"랍니다. 그렇다면 앞으로는 '배움집'이나 '배움터'처럼 한결 쉽고 보드라운 말로 새롭게 쓸 수 있을까요? 어린이뿐 아니라 어른도 배운답니다. 사람뿐 아니라 풀벌레랑 새도 배운답니다. 다들 즐겁게 하루를 배우고 삶을 배워요. 즐겁게 배우기에 기쁘게 가르칠 수 있어요.

100. 이레

날을 세는 이름이 있어요. 일곱 날을 '이레'라 하고, 여덟 날을 '여드레'라 하며, 아홉 날을 '아흐레'라 합니다. 일곱 날은 '한 주'이기도 해요. "첫째 주·둘째 주·셋째 주·넷째 주"를 "첫이레·두이레·세이레·네이레"처럼 써 보면 어떨까요? 어쩐지 새롭게 오늘 하루를 바라보도록 이끄는 '이레'가 될 수 있어요.

101. 틈

모두 같은 틈이라지만, 어떤 눈으로 보느냐에 따라 달라져요. 누구한테는 "좁은 틈"이지만, 누구한테는 "고마운 틈"이에요. 누구한테는 "바람이 새는 틈"이지만, 누구한테는 "바람이 드나드는 반가운 틈"이랍니다. 말할 틈도 안 준다면, 밥 먹거나 쉴 틈도 없다면, 참 고되요. 서로 틈을 주고받으면서 어깨동무합니다.

102. 돈

일하고서 받기도 하고, 좋아서 주기도 하는 돈이에요. 살림을 꾸리면서 모으거나 쓰기도 하고, 모자라구나 싶은 이웃한테 보태어 주기도 하면서, 함께 넉넉하도록 나누기도 합니다. 사고팔 적에는 '값'이란 이름이 되고, 몸을 쓰거나 몸으로 누릴 적에는 '삯'이란 이름이 돼요.

103. 둘

혼자 있을 적에는 짝이 아니에요. 그렇겠지요? 혼자 있어서 '홀'이고, 둘이 있어서 '짝'이에요. 셋이라면 둘이 짝을 맺으니 하나는 '홀'로 있어요. 홀셈하고 짝셈이 갈리는군요. 곰곰이 보면 어버이는 두 분이니 서로 짝을 맺은 사이네요. 암꽃하고 수꽃, 암술하고 수술도 짝을 이루어요. 이쪽저쪽도 짝이요, 즐겁게 노는 동무랑 나는 짝꿍·짝지·짝님인 사이예요.

104. 가시밭길(가싯길)

몸을 마음이 못 따라도 되고, 마음처럼 몸이 못해도 돼요. 따로 떨어져 헤맬 수 있어요. 그만두기까지 해도 좋답니다. 이 가시밭길 다음에 가시밭길이 더 나올 수 있어요. 그런데 더없이 달콤한 열매는 바로 '가싯줄기' 돋은 곳에서 맺는답니다. 딸기덩굴처럼.

105. 박물관

'박물관'이란 이름에는 어떤 뜻이나 숨결이 흐를까요? 아주 작은 것부터 매우 큰 것까지 고루고루 갖추는 이곳에서 무엇을 보고 느껴 어떤 새길을 깨달을 만할까요? 너나없이 스스로 지어 누리던 살림을 차곡차곡 모아서 새롭게 바라보도록 이끄는 너른마당, 바로 '살림숲집'이 박물관이에요.

106. 싸움(전쟁)

사랑일 적에는 하나를 갈라 같이 나누지요. '싸움'일 적에는 둘이 있어도 혼자 가지려 해요. 사랑일 적에는 토막이라 하더라도 나누며 함께 웃어요. 싸움일 적에는 잔뜩 있더라도 하나도 안 나누고 움켜쥐려 합니다. 혼자 다 차지하려고 들지만 남는 것은 껍데기예요. 혼자 앞세우기에 짐짓 첫째 같으나 둘레에 아무도 없는 오늘, 바로 싸움이에요.

107. 터

싱글벙글 모이는 놀이터입니다. 힘차게 어우러지는 일터입니다. 가르치고 배워 새로운 배움터입니다. 서로 살림님 되는 보금자리는 살림터입니다. 지구는 크게 숲터요, 온누리는 어깨동무로 삶터예요. 오래오래 깃들며 흐르는 '터'입니다.

108. 도서관

나무가 몸을 내주어 종이를 얻어요. 나무한테서 마음을 듣고 이야기를 엮어요. 책이란 언제나 나무랍니다. 이 책을 알맞게 가르며 갖춘 곳, '도서관'은 책숲이자 책집이에요. 책숲집이지요. 우리 집 책칸이라면 책마루요, 책마루숲이랍니다. 너른 숲을 바라보며 바람도 쐬는 책마당을 꾸려 봐요.

109. 오늘

우리가 보낸 오늘은 언제나 어제로 바뀝니다. 아무리 멀어 보이던 모레나 글피이지만 어느새 오늘이 되어요. 우리는 늘 바로 여기에서 이때를 누려 '오늘'이에요. 아쉬운 어제를 새로 가꾸고, 즐겁던 어제를 새로 빛내며, 설레거나 걱정되는 모레를 새삼스레 맞이하며 씩씩하게 나아가려는 오늘이랍니다. 어깨를 펴고 노래해요.

110. 붓(연필·볼펜·펜)

오늘날에도 붓글씨를 더러 쓰지만 예전에는 종이에 붓으로

만 썼어요. 이러다가 연필이 태어났고, 볼펜이나 샤프가 나옵니다. 나무로 짠 대에 털을 뭉쳐서 매기에 '붓'이면서, 글씨나 그림을 빚는 쓸거리인 '붓'이에요. 글씨란 우리 마음에 흐르는 생각이나 입으로 흐르는 말이에요. 그림이란 우리가 살거나 꿈꾸는 모습입니다.

일곱. 이웃 111~127

111. 딸기
요새는 한겨울에까지 딸기알을 가게에서 만날 수 있어요. 놀랍지요. 딸기풀은 여러해를 살면서 3월 끝자락에서야 비로소 흰꽃을 피우고, 4월이 저물 즈음에 드디어 빨갛게 익은 열매를 내놓아요. 이러다가 여름으로 접어들면 꽃도 열매도 모두 햇볕에 녹아 버리고는 가을까지 힘차게 덩굴줄기를 뻗고는 고이 겨울잠을 잔답니다. 새봄을 꿈꾸면서.

112. 쥐
사람하고 쥐는 씨톨(유전자)이 매우 비슷하다고 합니다. 이 때문에 쥐를 눈여겨보는 이도 많은데요, 우리가 띠를 가르며 쥐띠가 맨앞에 서는 뜻도 남다르리라 느껴요. 사람이 모은 것을 갉는다는 쥐인데, 쥐는 무엇을 즐길까요? 쥐는 으슥하거나 더러운 곳에 산다기보다 으슥하거나 더러운 곳을 치우는 몫을 하지는 않을까요?

113. 새
새 한 마리가 들려주는 노래는 대단히 많아요. 새마다 다르게 노래하거나 지저귀거나 울지만, 같은 갈래 새라도 또 다르게 노래하거나 지저귀거나 운답니다. 작은 새를 사냥하는 새도 있지만, 웬만한 새는 애벌레나 날벌레나 열매를 매우 즐겨요. 우리는 얼마나 많은 새를 이웃으로 두며 지낼까요?

얼마나 많은 새노래를 새말을 새소리를 알아듣나요?

114. 도토리

참나무가 맺는 열매를 '도토리'라고 해요. 참나무로 뭉뚱그
리는 '도토리나무'는 참말 많답니다. 숲짐승이나 새나 벌레
모두 반기는 열매이고, 사람도 즐겨요. 작은 열매이자 씨앗
한 톨이지만 숲을 이루는 바탕이에요. 해랑 바람을 품으면
서 무럭무럭 나무로 크지요. "도토리 키재기"는 고만고만한
사람이 다투는 모습을 빗댄다는데, 이 작은 도토리는 참 우
람히 자라지요.

115. 쌀

껍질을 많이 벗기면 하얀 모습인 '흰쌀'이에요. 겉껍질만 살
짝 벗기면 누런 모습인 '누런쌀'이에요. 누런쌀을 가만히 들
여다볼까요? 작은 쌀알보다 훨씬 작고 노란 눈이 있답니다.
'쌀눈'이자 '씨눈'이에요. 껍질을 벗긴 알이라 '쌀'이라 하
고, 쌀을 익히니 '밥'인데, 들에서 자랄 적에는 '벼'나 '나락'
이라 해요.

116. 뽕나무

뽕나무 잎사귀를 누에가 매우 좋아하는데요, 참 보드랍고
달아서 나물로 삼아서 누릴 만해요. 이 뽕잎을 갉은 누에가
고치를 틀어 실을 내어주니 우리는 기쁘게 옷을 누리기도
합니다. 더구나 뽕나무 열매인 오디로 입이 검붉도록 배를
채우고, 넉넉한 열매를 잼으로 졸여서 두고두고 먹으니, 뽕
나무 한 그루란 참 대단합니다.

117. 모기

모기가 왜 무는가 궁금하지요? 우리 스스로 모기 마음이 되
어 모기한테 '물어보'면 어떨까요? 모기는 우리 몸에서 피가
막힌 데를 '바늘'로 콕 질러서 살살 뚫는 노릇, '바늘잡이(침

술사)'일는지 몰라요. 다들 모기한테 '물어보'고서 이야기를 저한테도 들려주시겠어요?

118. 귤

귤알은 참 많은 분이 쉽게 즐기는데, 귤꽃은 얼마나 많은 분이 즐길까요? 우리는 둥글둥글 울퉁불퉁한 귤을 냠냠짭짭 누리면서 '이 열매가 나무에 꽃으로 피었을 적에 얼마나 눈부시면서 향긋할까?' 하고 떠올릴 수 있을까요? 이제부터 떠올려 보면 어떨까요? 귤나무를, 귤꽃을, 귤밭을, 그리고 겨울에 더 싱그런 귤알을.

119. 파리

사람이 찌꺼기라 일컫는 모두를 남김없이 먹어치워서 티끌 하나 안 남도록 하는 '말끔이'가 있어요. 개미나 쥐며느리나 지렁이도 이 일을 하는데 '파리'는 때나 곳을 안 가리고 이 일을 즐겨요. 때로는 밥에도 슬쩍 내려앉아 미움을 사지만, 파리가 말끔지기로 고맙게 일하기에 이 별은 참으로 깨끗할 수 있답니다.

120. 두더지

땅밑을 이리저리 헤치는 두더지라지만, 두더지로서는 그저 먹이를 찾는 걸음이요, 나들이를 다니는 사뿐한 몸짓이에요. 언제나 뿌리를 만나면서 가지랑 잎이랑 꽃이 문득 궁금해서 슬쩍 바깥으로 고개를 내밀곤 해요. 땅속나라는 누구보다 꿰차지만, 땅밖나라는 좀처럼 모르거든요. 궁금쟁이예요.

121. 나비

우리가 저마다 나무를 돌보는 마당을 누린다면, 이 나무에 팔랑팔랑 찾아와 얌전히 알을 낳고는 애벌레가 스스로 잎을 갉아서 날개돋이를 하는 나비를 만날 수 있답니다. 꼬물꼬물 기며 잎만 갉던 애벌레가 어느새 잠들더니 온몸을 녹여 날개를 눈부시게 단 나비로 거듭나는데요, 어린이가 어른으로 크는 길이란 사랑스러운 날개돋이로 빛나리라 생각해요.

122. 풀벌레

풀밭에서 풀숨을 쉬고, 풀잎을 보금자리로 삼을 뿐 아니라 먹이로 삼는 풀벌레입니다. 풀벌레는 으레 풀빛인데, 갖은 빛깔이 눈부신 옷을 입기도 해요. 나비는 겨울잠을 자기도 하지만, 거의 모든 풀벌레는 한해살이로 이 땅을 누리고는 알을 낳아 새근새근 잠들어요. 사람 곁에서 아름다이 노래를 베풀고 하늘숨을 먹는 이웃이에요.

123. 참새

흔히 말하기를 '참새'가 나락(곡식)을 자꾸 쫀다지만, 꼭 한가을 한철만 이렇습니다. 그때까지는 풀벌레 딱정벌레 애벌레 날벌레 두루 사냥하며 사람들 곁에서 지내요. 사람이 일군 마을이 아름답다 여겨 살살 모여드는 뭇목숨처럼 마을살이가 궁금하고 또 좋은가 봐요. 마을이 오랠수록 텃새인 참새도 참으로 오래오래 같이 살아온 이웃이랍니다.

124. 돼지

우리가 돼지라고 부르는 아이는 '고기'가 아닌 '돼지'입니다. 사람이 '돼지'라는 이름으로 부르기 앞서 다른 이름이 있었으리라 생각해요. 사람이 길들이고 가두고 고기로 삼은 뒤부터 달라졌고, 늘 슬픔에 잠기는 바람에 먹고 자는 데에만 빠지다가 뚱뚱보를 가리키는 모습처럼 되었지 싶어요. 멧돼지 말고도 들이며 숲에서 노니는 돼지를 그릴 수 있으면 좋겠어요.

125. 매미

사람들은 매미가 그토록 오래 땅밑에서 꿈꾸면서도 고이 숨쉬다가, 어느 때·날·철에 이르러 한꺼번에 깨어나 우렁차게 노래하는 뜻을 아직 잘 모른답니다. 왜 그럴까요? 매미를 이웃으로 여겨야 비로소 매미 마음을 읽을 텐데 꿈쟁이 매미한테 아직 안 다가서거든요. 땅속에서는 '굼벵이' 소리를 듣지만, 나무 타고 올라가 허물을 벗으면 아주 멋지고 잽싸답니다.

126. 늑대

사람은 늑대를 어떤 눈으로 바라볼까요? 늑대 숨결이 되어 늑대나라를 헤아린 적 있을까요? 우리는 동무 마음이 되어야 비로소 동무하고 어깨를 겯는답니다. 사나운 짐승 아닌 상냥하고 슬기로우며 사랑으로 살림하는 숲동무이자 들벗이 바로 '늑대'이리라 하고 느껴요.

127. 고래

사람은 입을 열어서 말을 나눈다지요? 고래는 어떻게 말을 나눌까요? 바닷속에서 입을 열어서 말을 나누지는 않겠지요? 그렇습니다. 고래는 마음으로 말을 띄워서 나눈대요. 우리도 고요히 마음으로 말을 띄워 봐요. 고래하고도 이야기하고, 고래가 즐기고 누리는 삶을 만나 봐요.

여덟. 놀다 128~148

128. 미끄럼틀

미끄럼틀이란 이름인 놀이틀이 있습니다. 이 미끄럼틀을 노는 어린이를 보면 미끄러지기만 하지 않아요. 용을 쓰며 거꾸로 오르려고도 해요. 왜 그럴까요? 미끄러져도 재미나지만, 비탈을 타올라도 재미나거든요. '비탈틀'이란 새 이름을 붙이면 어떨까요? 비탈틀에서 죽죽 미끄럼 타고, 영차영차 타오르면서 말이지요.

129. 알다

"하나를 알면 열을 안다"고 합니다. 여태 모르던 길을 깨우친 그때에 모든 수수께끼가 환하게 열리니, 그동안 못 느끼거나 답답하던 데까지 두루 알 뿐 아니라 온몸에 기쁜 기운이 새롭게 오르지요. 알기에 알려주고, 알려주며 새로 알아차립니다.

130. 바짝

바짝 붙어서 앉으니 숨소리까지 들어요. 거의 따라잡았구나 싶으니 '바짝'이고, 마음을 '바짝바짝' 차리기에 딴짓이 사라지고 한길을 제대로 바라보면서 흔들림·떨림·두려움·걱정 하나 없이 단단한 몸짓이 되어요. 곧장 쓰려고 '바짝' 당겨요. 힘이며 기운이 솟도록 '바짝바짝' 올리고 세우고 키우고 나눠요.

131. 곧

되거나 이루거나 닿거나 끝날 때가 얼마 안 남을 때, 조금 뒤라 할 가까운 때가 '곧'이에요. 살짝 숨을 돌리고 기다리면 어느새 맞이하는 '곧'이지요. 미루거나 밀쳐놓지 않고서 그자리에서 움직이거나 하는 '곧'이에요. 바로 다가오니까 기쁘게 기다려요. 어느새 모두 되었으니 가만히 지켜보고 두 팔 벌려 안아 봐요.

132. 힘들다

힘을 잔뜩 쓰느라 몸이 축 처져요. 새힘을 받아들이지 않으면 다시 일어서지 못하지요. 혼잣힘으로는 안되겠구나 싶다면 한손 보태어 달라고 얘기해 보셔요. 힘이 든다는 동무나 이웃을 보며 먼저 손을 내밀어 보셔요.

133. 가다

'가는' 일은 새롭습니다. 죽어서 저승으로 가도, 학교를 마치고 새로운 곳으로 첫발을 디뎌도, 여기를 떠나 낯선 고장이나 나라로 가도, 모두 새로워요. 겨울에 스러져서 가야 봄에 싱그러이 깨어요. 잎이 시들고 씨를 남겨야 새봄에 푸르게 피어납니다. 그래서 우리는 늘 '갑'니다.

134. 심다

마음에 생각을 심으니 비로소 몸이 움직여요. 우리 생각을 말이라는 씨앗으로 심으니 이야기가 꽃으로 피어요. 땅에는 풀씨·꽃씨·나무씨를 심어 밭을 돌보더니 어느덧 숲으로 푸르게 퍼지는군요. 씨앗은 노래하는 숨결로 심습니다. 즐겁게 춤추고 신바람나서 웃는 낯이기에 가득가득 심고 듬뿍듬뿍 보살펴 푸짐푸짐 거두어요.

135. 펴다

등을 구부리면 스스로 기운을 빼는 셈이 되어요. 등을 펴면 스스로 기운을 일으키는 셈이지요. 어깨가 처지면 스스로 힘이 없지만, 어깨를 펴면 스스로 힘이 나요. 등도 어깨도 펴고, 생각도 이야기도 펴요. 살림도 펴고 꿈도 펴면서, 오늘 이곳에서 우리가 아름답게 피어날 길을 떠올려요.

136. 디디다

앞이나 뒤로 가려고 발을 뻗어요. 이때에 "발을 디딘다"고 합니다. 매우 좁아 서거나 가기 어려우면 "발 디딜 틈이 없다"고 해요. 너른터를 빙 두른, 제법 높지만 발로 디디며 오르내리는 자리가 있어요. '디딤자리'인데 앉을 수도 있지요. '디딤칸'이라면 오르내리는 곳이고, '디딤턱·디딤판'은 디뎌서 넘는 곳이고, '디딤길'은 디디고 가는 길이에요.

137. 낫다

아프거나 슬프거나 괴로운 기운이 사라질 적에 '낫다(나았다)'고 해요. 둘이나 여럿을 한자리에 놓고 대보면서 더 마음에 드는 쪽을 '낫다'로 나타내기도 합니다. 그런데 아프거나 슬프거나 괴로웠기에 동무 마음을 더 읽곤 해요. 어느 하나를 고르는 눈을 '낫고 안 낫고' 따지면서 배우기도 하고, 좋고 나쁨을 넘어서는 눈길로 거듭나기도 합니다.

138. 모르다

꽤 오래했다지만 마음이 없는 탓에 하나도 모르곤 해요. 몸이 가는 대로 그냥 따라갔으면 알 길이 없어요. 모르는 까닭은 바로 이 하나예요. 하거나 듣거나 읽거나 가거나 구경했어도, 우리가 스스로 마음을 안 쓴 탓이에요.

139. 막

'막국수'나 '막걸리'에서 '막'은 어떻게 쓴 앞말일까요? "이제 막 땄어."하고 "네가 막 했잖아."는 서로 어떤 느낌일까요? "막 딴 열매라 더 맛나."하고 "막 따니까 열매가 터지지."에서는 말소리가 같으나 결이 확 갈리는데, 알아챌 수 있을까요? '갓'이나 '이제'나 '곧장'을 나타내는 '막'이 있고, '마구잡이'나 '마구'나 '함부로'를 나타내는 '막'이 있어요.

140. 맺다

처음을 여니 끝을 맺어요. 끝을 맺기에 이제 새로 열지요. 잘해도 좋고 못해도 돼요. 우리는 한 가지를 여미어 놓고서 다시 한 걸음을 내딛어요. 해가 뜨고 지듯, 별이 돋고 지듯, 즐거이 하루를 마무리한다면 늘 꽃맺음이 됩니다. 꽃맺음처럼 별맺음이나 노래맺음을 할 수 있어요. 웃음맺음으로 기쁠 수 있고, 눈물맺음으로 슬플 수도 있어요.

141. 우물쭈물

마주하기 앞서까지는 다 잘할 줄 알았는데, 막상 눈앞에 닥치고서는 머리가 하얘진 적 있을까요? 무슨 말을 하고, 어떤 몸짓을 할는지, 낱낱이 헤아렸으나 모조리 사라진 적 있을까요? 이러지도 저러지도 못하기에 '우물쭈물'이에요. 자, 이때에 그냥 눈감고 조용히 숨을 골라 봐요. 그러고서 새롭게 눈뜨고 입을 열어요.

142. 휘파람

"난 안 되던데?" 하고 여기면 참말로 안 되는 휘파람이랍니다. "음, 불어 볼까?" 하는 가벼운 마음이라면 처음 불어도 잘 되는 휘파람이에요. 여러 해 해보아도 안 된다면 더 해봐요. 힘을 빼고 부드럽게 바람이 드나들도록 해봐요. 휘휘 부는 바람이에요. 휘휘 불며 노래가 되는 바람인 휘파람이니, 노래하는 마음이어야 돼요.

143. 먹다

우리는 목숨을 먹는답니다. 우리가 먹는 밥은 모두 다른 목숨이에요. 내가 밥(다른 목숨)을 먹는 모습이란, 내가 너(다른 풀·열매나 짐승·고기)를 받아들이는 셈이에요. 많이 먹으면 배부르지만 외려 쉽게 졸음이 쏟아지지요. 때로는 배앓이를 하고요. 즐겁게 지어서 서로 기쁘게 잔치를 이루면 모두 넉넉하면서 아름다워요. 이런 '먹다'입니다.

144. 끄다

불을 '끕'니다. 자꾸 쳐다보려는 마음을 뚝 '꺼' 봅니다. 환한 해를 누리도록 낮에는 전깃불을 '끌'게요. 반짝이는 밤이 되도록 또 전깃불을 뚝뚝 '꺼뜨려' 봐요. 밥을 다 지었으니 드디어 불을 끄네요. 겉모습 아닌 참된 속마음으로 만나도록 겉치레는 다 꺼 버리고서 홀가분한 몸이 되어요.

145. 참다

'참다'란 무엇인가를 가만히 생각해 봐요. 우리가 남이 아닌 나로, 그야말로 그대로 '내'가 되는, '참'으로 내가 나로 서도록 마음을 쓰는 길이 바로 '참다'로구나 싶어요. 지나치거나 등돌리지 않고서 나를 그대로 보니까, 언제나 똑바로 나를 보니까, 모든 나 아닌 것은 떠나가고 참으로 내가 나로다 되어요.

146. 놀이
놀이에는 따돌림이나 괴롭힘이 없습니다. 아니, 누구를 따돌리거나 괴롭힌다면 놀이가 아니에요. 이때에는 "그런 짓 하지 마!"하는 말이 저절로 터져요. 함께 웃고 같이 뛰놀면서 아주 가볍고 싱그러운 몸이며 마음이 되기에 놀이예요. 절로 춤이 나오고 노래가 흐르며 어깨동무할 때라야 비로소 놀이랍니다.

147. 콧노래
입으로 노래하지 않고 코로 노래하기도 해요. '콧노래'인데요, 콧노래는 아주 즐거워서, 신바람이 횡횡 일어날 적에 저절로 흘러나와요. 어린이 여러분이 누리는 하루에 언제나 콧노래가 흥흥 흐르고, 눈노래도 귓노래도 손노래도 발노래도 어깻노래도 같이 흐르면 좋겠어요. 늘 신바람나는 하루가 되고, 아침저녁으로 모두 노래가 되기를 바랍니다.

148. 쓰다
서로 마음을 쓰기에 가깝고 즐거워요. 생각을 글로 옮기니 글쓰기예요. 돈을 쓰고 사람을 쓰며, 하루를 쓰네요. 어디에 쓸까요? 종이에도 손바닥이나 흙바닥이나 하늘에 써 볼까요? 마음을 쓰듯 사랑을 쓰고, 냇물을 사람도 푸나무도 숲짐승도 써요. 머리에 갓을 쓰고, 보람도 덤터기도 쓰지만, 노래도 쓰고 책도 써요.

149. 어머니(엄마)

어머니를 "낳아 돌본 분"이라고 하기에는 어쩐지 모자라요. 우리를 품어서 낳은 어머니는 참말로 어떤 숨결이요 꿈이요 마음이자 빛이었을까요? 얼마나 기쁜 사랑이라면, 고운 마음이라면, 너른 생각이라면 앞으로 새로 태어나서 자랄 아기를 온몸으로 품고서 포근하게 돌보는 삶을 걸을 수 있을까요? 모두모두 반기는 엄마 품이에요.

150. 아버지(아빠)

아버지란 자리는 어떤 사랑으로 지어서 누리는 길일까요? 아버지가 업고 안으면서 아기를 어를 적에 아기는 얼마나 까르르 웃음빛이 될까요? 아기가 아이로 크고, 아이가 어린이로 자라며, 어린이가 푸른 나날을 거쳐 새로운 어른으로 우뚝 서기까지, 온누리 아버지는 어떤 꿈을 고루 펴거나 심으면서 이 보금자리를 가꾸는 숨결일까요?

151. 스스로

모든 놀이나 일은 늘 스스로 합니다. 남이 놀아 주거나 일해 주면 우리 삶이나 하루는 어찌 될까요? 스스로 할 줄 모르는 채 남들이 맡아 줄 적에 우리 몸이며 마음은 어떤 길을 갈까요? 궁금하니 스스로 묻고, 기쁘니 스스로 웃고 춤춰요.

152. 동무

같이 놀 수 있을 만큼 마음이 맞을 뿐 아니라 즐거이 맞추는 사이인 '동무'입니다. 소꿉동무 어깨동무 글동무 말동무 일동무처럼 함께 있으면서 새걸음으로 차근차근 나아가려는 사이예요. 우리는 놀이동무로 사귀고, 풀꽃을 숲동무로 마주하고, 바다동무에 하늘동무에 별동무까지 두루 만납니다.

153. 사람

어린이하고 어른은 서로 어떤 사이로 이어지는 사람인가 하고 곰곰이 생각해 봅니다. 우리는 서로 사이좋거나 사랑하는 숨결일까요, 아니면 꾸짖거나 나무라는 위아래일까요? 맨몸으로도 하늘을 난다는 생각을 꿈으로 키우고, 우리 손으로 무엇이든 새로 짓는 보람을 누리고, 활짝 웃는 낯으로 동무랑 놀려고 달려가기도 하는, 아름다운 사람일까요?

154. 딸(따님)

요새는 '여자'란 이름을 흔히 쓰지요. 빛나는 삶을 이루고 싶어 '딸 · 가시내'란 몸으로 태어날 텐데요, 틀에 얽매이지 않는 새로우면서 홀가분한 길을 꿈꾸는 숨결이라 할 만해요. 온누리를 아끼고, 이 땅을 노래할 줄 아는 슬기로운 마음으로 피어나는 삶이에요. 바다처럼 넓고 하늘처럼 깊답니다.

155. 아들(아드님)

요즘은 '남자'란 이름을 자주 써요. 사랑하는 살림을 짓고 싶어 '아들 · 머스마'란 몸으로 태어날 텐데요, 보금자리를 곱게 가꾸는 듬직하거나 의젓한 길을 바라는 숨결이라고 할 만해요. 놀이를 즐기고, 새 놀이를 끝없이 지어서 동무들하고 누릴 줄 아는, 착한 마음으로 솟아나는 살림이에요. 해님처럼 맑고 별님처럼 초롱하답니다.

156. 님

해님 · 꽃님 · 새님 · 비님이나 별님 · 풀님 · 벌님 · 하늘님 같은 이름을 쓰곤 해요. 높이려는 뜻도 있지만, 그립거나 반갑거나 고맙거나 참되구나 싶어서 이렇게 불러요. 착한 어른도 모두 '님'이고 신나게 놀며 동무랑 사이좋은 어린이도 다 '님'이에요. 너를 높이며 나도 함께 높아요. 네가 고맙고 그리우니, 우리 속마음인 참나(참다운 나)도 고맙고 그립답니다.

157. 나

우리는 누구도 아닌 바로 '나'를 자꾸 바깥에서 찾으려 하고, 거울로 들여다보려 하곤 해요. 그렇지만 '나'는 늘 여기에 있답니다. 남하고 견주며 고운 '내'가 아닌, 있는 그대로 고우니, 바로 우리가 스스로 사랑할 '나'예요.

158. 너

'아' 다르고 '어' 다르다고 합니다. 참으로 다르지요. 그런데 다르기에 같고, 다른 길에서 함께 발을 맞추고, 마음이 흘러요. '너나들이'란 이름처럼 '너'나 '나'라고 가를 까닭이 없이, 그대로 한넋으로 마주합니다.

159. 어른

나이를 먹지 않더라도 슬기롭고 고우며 따스한 품이 된다면 '철들었구나' 하며 '어른'으로 여겨요. 밥옷집을 이루는 길을 꿰뚫고는 이를 사랑으로 다스리는 사람이면서 즐겁게 물려줄 줄 알아 어른이랍니다. 지은 살림을 두루 나누어 스스로 별이 되는 어른이지요.

160. 어린이(아이)

어른이 낳아서 돌보는 어린이(아이)인데요, 우리 어린이는 어른 곁에서 돌봄을 받을 뿐 아니라, 작은 몸이자 손으로 기꺼이 어른을 돌보기도 하지요. 할머니나 할아버지는 어린이 여러분이 조물조물 주무를 적에 대단히 시원하면서 즐거워하셔요. 아주 작은 힘이라지만 바로 그 작은 힘이기에 놀랍도록 어른한테 사랑을 가르치는 어린이랍니다.

161. 우리

우리가 쓰는 '우리'는 너랑 나를 고이 아우르는 이름입니다. 사람 사이에서도, 어른 아이 틈에서도, 짐승이며 새랑 벌레에다가 푸나무 곁에서도 늘 '우리'예요. "우리 어머니"이고 "우리 들꽃"이며 "우리 마음"이자 "우리 바다"예요. "우리 집"은 '내'가 사는 집이자, 나를 품은 '집'까지 아우른답니다. "우리 하늘"이라면 나랑 하늘을 어우르는 말이에요.

162. 이

사람을 가리키는 말 가운데 '이'는 따로 누구를 짚지 않아요. 누구이든 그저 그대로 가리켜요. '이이 · 그이 · 저이'처럼 쓰고 '보는이 · 듣는이'나 '배움이 · 즐김이 · 도움이 · 고운이'처럼 써요. 위아래도 나이도 안 가르고, 가시내 · 사내를 안 따져요. '있는' 모습이나 숨결을 가만히 마주하는 이름이에요.

163. 이웃

가까이에 있어서 '이웃'이라고 합니다. 우리 집에 바짝 붙은 이웃이 있다면, 두 집 사이가 멀어도 늘 마음으로 이어진 이웃이 있어요. 무엇보다 서로 아끼거나 돌보려는 마음이기에 이웃이요, 이 마음을 바탕으로 마을을 이루고 살림을 가꾸면서 하루하루 즐겁고 새롭게 이야기를 하는 사이예요.

164. 함께

하나만 잘해서 이 하나만 팔 수도 있지만, 모두 살필 줄 알아서 '함께' 다스린다면 참 알뜰합니다. 어려워하는 동무한테 손을 내밀고, 우리가 어려울 적에 손길을 받으니 '함께' 아끼는 터전이에요. '같이' 해봐요. '서로' 돌아보면서 '나란히' 어깨동무를 해봐요. 하늘처럼 크게, 하나이면서 여럿인 우리 마음을 펴고서.

모든 이야기는 수수께끼

모든 이야기는 수수께끼입니다. 우리가 살아가는 지구라는 별이 태어난 뜻도 수수께끼요, 이 별에서 사람으로 태어나서 살아가는 우리도 수수께끼인데, 한국말을 쓰면서 생각을 나누고 하루를 짓고 배우는 오늘도 수수께끼랍니다.

우리가 손에 쥐어 읽는 책도 수수께끼인데, 햇빛도 꽃빛도 눈빛도 수수께끼예요. 똑같은 노래가 어느 때에는 아름답게 들리지만, 어느 때에는 싫거나 지겹거나 따분하게 들리는 까닭도 수수께끼예요. 신나게 놀면 배고픈 줄을 잊고 하루가 저무는 줄마저 잊는 까닭도 수수께끼일 테지요.

무언가 싫거나 슬픈 일이 있으면 무엇이 왜 어떻게 싫거나 슬픈가를 떠올리면서 수수께끼 짓기를 해봐요. 싫거나 슬픈 까닭을 낱낱이 적으면서, 마지막에는 이 싫음이며 슬픔을 털어내고픈 꿈을 한 줄이나 두 줄을 적어 보면 되어요.

반갑거나 기쁜 일이 있다면 무엇이 왜 어떻게 반갑거나 기쁜가를 그리면서 수수께끼 엮기를 해봐요. 반갑거나 기쁜 흐름을 하나하나 옮기면서, 끝자락에는 이 반가움이며 기쁨을 둘레 모두하고 나눌 만한 사랑을 한 줄이나 두 줄로 보태 보면 되어요.

우리가 서로 싸우는 까닭도, 서로 등돌리는 까닭도, 괴롭히는 까닭도 수수께끼입니다만, 우리가 서로 아끼는 까닭도, 서로 돕는 까닭도, 서로 어깨동무를 하면서 뛰놀 수 있는 까닭도 수수께끼예요. 좋은 것은 무엇이고 나쁜 것은 무엇일까요? 고운 것은 무엇이며 미운 것은 무엇일까요?

우리 스스로 수수께끼를 그려 보셔요. 우리 곁에 있는 이웃하고 동무하고도 이 수수께끼를 나누어 보셔요. 마음으로 빚은 수수께끼를 작은 종이에 글로 적은 다음에, 이 수수께끼 이야기를 말로 또박또박 읊어 봐요. 서로서로 마음이 새롭게 이어지는 길이 생긴답니다.

노래하는 마음이 되고, 노래하는 눈길이 되며, 노래하는 오늘이 되면 좋겠습니다. 고맙습니다. ㅅㄴㄹ

우리말 수수께끼 동시

초판 1쇄 발행 | 2020년 3월 10일
초판 2쇄 발행 | 2021년 2월 23일

기획	숲노래
글	최종규
그림	사름벼리
펴낸이	이정하
디자인	안미경

펴낸곳	스토리닷
주소	서울시 서초구 방배동 934-3 203호
전화	010-8936-6618
팩스	0505-116-6618
ISBN	979-11-88613-13-7

홈페이지	blog.naver.com/storydot
SNS	www.facebook.com/storydot12
전자우편	storydot@naver.com
출판등록	2013. 09. 12 제2013-000162

이 도서의 국립중앙도서관 출판예정도서목록(CIP)은 서지정보유통지원시스템 홈페이지(http://
seoji.nl.go.kr)와 국가자료공동목록시스템(nl.go.kr/kolisnet)에서 이용하실 수 있습니다.
CIP제어번호: 2020007494

스토리닷은 독자 여러분과 함께합니다.
책에 대한 의견이나 출간에 관심 있으신 분은 언제라도 연락주세요. 반갑게 맞이하겠습니다.